T0349368

El amo de la pista

Luis Mateo Díez

El amo de la pista

Primera edición: abril de 2024
Primera reimpresión: mayo de 2024

© 2024, Luis Mateo Díez
© 2024, Penguin Random House Grupo Editorial, S. A. U.
Travessera de Gràcia, 47-49. 08021 Barcelona

© Diseño: Penguin Random House Grupo Editorial, inspirado en un diseño original de Enric Satué

Printed in Spain – Impreso en España

ISBN: 978-84-204-7724-4
Depósito legal: B-2987-2024

Compuesto en MT Color & Diseño, S. L.
Impreso en Egedsa, Sabadell (Barcelona)

A L 7 7 2 4 4

Para Marta
y Santiago Muñoz Machado

Uno

Fue en el patio del Caravel donde conocí a Cirro Cobalto un día de febrero, cuando ya estaba avanzado el segundo trimestre y no parecía muy razonable que un nuevo alumno viniera a integrarse en el curso.

Cirro apareció de la misma manera sorpresiva con que acabó aprobando al final de curso todas las asignaturas con buenas notas y casi sin asistir a clase, mientras la mayoría nos quedábamos a verlas venir, sin lograr que los aprobados superasen a los suspensos o que, al menos, no se apreciara demasiado.

Apareció aquella mañana en el patio del Caravel con una trinchera que le llegaba muy por debajo de las rodillas y una boina que le cubría la cabeza de forma holgada y caída hacia un lado, y se me acercó con el gesto decidido de quien presume conocerte de toda la vida.

—Si eres Cantero —me dijo, cuando yo todavía ni me había fijado en él, entretenido como estaba con otros amigos que me pasaban la pava y contaban las caladas para que el cigarrillo durase y nadie se pasara de listo—, ven conmigo y no te esfuerces en negarlo, si es que no estás avisado. Además del aula, tienes que enseñarme los retretes, me estoy meando.

En el patio del Caravel la niebla de febrero se agarraba a las verjas.
Los recreos dejaban en los pasillos a la mitad de los alumnos que no se atrevían a salir al patio, temerosos del

frío o la lluvia, ya que los abrigos y las gabardinas quedaban colgados en las aulas al comenzar las clases y no estaba permitido recogerlos hasta el final de las mismas.

Los que nos arriesgábamos a la intemperie era para poder fumar. Solapados en alguna de las esquinas del patio, mojados y temblorosos. Aprovechando hasta el límite las colillas de los cigarrillos siempre compartidos, y con la amenaza de que cualquier esbirro del Jefe de Estudios nos descubriese.

Cirro Cobalto no hizo el mínimo gesto que no fuera mover la cabeza con desgana mientras me hablaba, y sin atender a lo que yo pudiera contestarle, se dio media vuelta y caminó en la niebla.

Ni siquiera se me ocurrió rechazar la pava a la que me tocaba dar la última calada, ni ver u oír lo que hacían o decían los demás fumadores, tan ateridos y sorprendidos como yo. Ni mucho menos caer en la cuenta de que había sido requerido por mi nombre, como si me conociese el que lo hizo.

Tampoco comprendí bien sus palabras, si se trataba de una orden o una mera solicitud o la ambigua llamada de alguien que podía ser una aparición amparada en la niebla.

—Se me heló la vejiga en la Pensión Aludes —le escuché al llegar a su altura, observando que apretaba las manos contra el vientre en los bolsillos de la trinchera—. Ni hay calefacción ni pupila que se metiera en la cama conmigo. Nadie me avisó de que el invierno en Borenes era tan crudo.

Atravesamos el patio.

Lo llevé hasta los retretes por el pasillo donde algunos alumnos jugaban a las cartas tirados en el suelo, mientras otros daban cabezadas contra la pared o pintaban obscenidades en el vaho de los cristales de las ventanas.

A los que se interponían a nuestro paso, los que se movían como sonámbulos de un extremo a otro del pasillo, los empujó Cirro con igual displicencia a la que caminaba, perdiendo todos el equilibrio sin alterar el alboroto.

—Me esperas ahí quieto, no voy a cerrar la puerta —me dijo tras meterse en el retrete—. No sé si sólo meo o hago algo más. Cualquier cosa que te llame la atención me la avisas, no dejes que me pillen en cuclillas y sujetando los pantalones. Puedes ir contándome lo que quieras mientras evacúo. ¿No serás de los que se la cogen con papel de fumar? Hacer las necesidades es como hacer lo debido, algo congénito.

Iba a aprovechar el momento para irme.

El ruido de Cirro Cobalto se mezclaba con el esfuerzo de unos susurros denodados y algunas voces que no se sabía bien si eran de ánimo o de compunción, como si la vejiga se le hubiese contraído o el intestino se le enquistara.

No me atreví a moverme.

Seguía sin tener la mínima idea de lo que podía suponer aquella sorpresa avasalladora de su llegada.

La presencia de alguien con aquellas pintas, sin nada que pudiera hacérmelo reconocer, tampoco la suposición de que él me llamase sabiendo quién era yo.

—Cuéntame algo —me ordenó con la voz ronca de un esfuerzo que llegaba al límite y una sarta de ruidos que parecían abdominales y dolorosos—. Dime quién manda en el Caravel y a cuánto se cotizan los sobresalientes. ¿Hay cuadro de honor y diplomas? ¿Los cates los regalan o los rifan con las bofetadas y las collejas? No te andes por las ramas.

—Mandan don Tulio, don Centeno y la señorita Camelia —afirmé como un bobo, casi sin saber lo que decía, y hasta sentí vergüenza al enumerar a quienes en el cuadro de profesores mantenían la vara más alta, ya que sus asignaturas se contaban entre las más importantes, lo que hacía que ellos tuvieran igual mando que menosprecio al departirlas—, y Osco y Balandrán, que son los bedeles que tienen la mano más larga.

Me pareció que Cirro Cobalto terminaba de evacuar, no sin explayarse con unos gemidos que parecían reconfortarle, y antes de tirar de la cadena suspiró hondamente.

—Iremos por partes —anunció complacido y sin duda también satisfecho de haberse aliviado de lo que el vientre dolorido reclamaba o necesitaba la vejiga, lo que también le hizo silbar, antes de dar una patada a la puerta del retrete que a punto estuvo de hacerme daño en la rodilla—. A unos les bajamos los humos y a otros les damos un repaso. Todo entre tú y yo, como compinches y emprendedores del negocio. La somanta la dejamos para otra ocasión. Hay que trabajarse el expediente escolar porque luego viene la licenciatura, y las profesiones no son fáciles. Tampoco las ilusiones. Es la vida la que tira por donde le queda cuerda.

Salió del retrete y se ajustó la boina y la trinchera.

Tuve la primera sensación de que se trataba de alguien tan ajeno y lejano como comprometido.
Un ser más parecido a un personaje que a una persona, pero tan cierto y verdadero que me inquietaba con la mera sorpresa de su aparición y lo que en mi vida podría significar.

Volvimos a los pasillos, donde los refugiados del recreo daban los últimos coletazos.
Subimos al segundo piso, en el que estaba el aula que Cirro Cobalto quería conocer, y, entre una y otra cosa, repartió algunas patadas y mantuvo una gresca con un sonámbulo que despertó al recibir una bofetada e intentó cogerle por las solapas de la trinchera.

—No me imaginaba que el Caravel tuviese la tasa tan baja —me dijo con gesto agrio—. ¿El claustro de profesores, aparte de los mandamases que me citabas, se dedica a la enseñanza o al sabotaje formativo? No me hago a la idea de tanta molicie, a no ser que no sea el Caravel que buscaba ni tú el Cantero que había de recibirme. Vaya chasco, menuda indigencia, qué pena en todo caso, qué calamidad. No vengo en balde y tampoco tengo tiempo que perder. Hay asuntos urgentes.

No supe contestarle.

Volví a sentir el desconcierto que no había podido evitar una vez más cuando todavía desde el interior del retrete me pidió que mantuviera la puerta un poco más abierta para respirar mejor y, sin contener mi vergüenza, tuve que percibir el olor de su laboriosa fatiga.

La puerta del aula estaba abierta.

El exceso de calefacción, los pupitres desordenados y las prendas de los alumnos caídas por el suelo al pie de las perchas atiborradas me hicieron mirar a Cirro con temor, sin que él se diera cuenta, ya que no hizo ningún comentario inmediato.

Avanzó por el pasillo central, dando manotazos a los libros y cuadernos en los pupitres. Llegó a la tarima donde estaba la mesa de los profesores. Se sentó en la silla, movió la cabeza sin que yo pudiera entender lo que de veras pensaba y, desde luego, muy lejos de la previsión de lo que iba a decir y hacer.

—Nada en su sitio. Un buen garito para la didáctica impenitente. Mano de santo para alumnos subdesarrollados, mentalidades obtusas. La de dios es cristo. Vaya antro.

Bajó de la tarima con la silla en las manos. La estrelló contra el primer pupitre. Todo ello sin despendolarse, con mayor sosiego que el que había tenido en el retrete y repartiendo patadas y bofetadas entre los refugiados del recreo.

Se volvió hacia el encerado, que cubría el polvo de la tiza comparable al que en la atmósfera del aula supuraban los residuos de los materiales escolares.

Borró lo que pudo en la pizarra con el trapo que le puso perdida la trinchera. Tomó una tiza y escribió con letras muy grandes algo que tardé un momento en descifrar:

LLEGÓ CIRRO, EL TIEMPO ESCAMPA.

Palmeó las manos, se sacudió lo que pudo del polvo de la tiza en la trinchera.

Me pareció que asentía satisfecho, antes de volver por el pasillo, mirarme de refilón, mover la cabeza tal vez más comprensivo que enfadado y darme unos golpecitos en los hombros al irse.

—Si eres el Cantero que buscaba, ya sabes lo que tienes que hacer —me dijo muy serio, reiterando los golpecitos en mi espalda—. Al que le toque borrar el encerado, me lo pones el primero de la lista.

Reconozco que me quedé anonadado.

Cirro Cobalto había desaparecido como llegó y, escaleras abajo, cuando ya sonaba el timbre que anunciaba el final del recreo, todavía escuché algunas quejas de quienes eran empujados en los peldaños y el ruido de lo que no debiera reconocer como una ventosidad que ametrallaba a los que estuvieran más cerca de él.

Una costumbre casi obscena que jamás cesó en el tiempo que duraría lo que más que parecerse a una amistad, no pasó de un desastroso conocimiento, si hago un repaso de lo que Cirro Cobalto supuso en mi vida y de cómo me tuvo en sus manos hasta salir de la niebla que pudo ocultarnos.

—Siempre me quedó la duda de saber que eras el Cantero que buscaba —me repitió muchas veces—, pero no te dejabas llevar sin disgustarte, y por eso no le di importancia. Fuiste un buen esbirro y, aunque no te tenga ningún agradecimiento, tampoco te echo nada en cara.

Aquello daba sentido a muchas cosas tan penosas como inolvidables, y así me las iba a ver en el lío más importante en que estuve metido, siendo como soy alguien propenso a ser liado, si reconozco ese atributo en mi existencia y en manos de quienes con frecuencia hicieron de mi amistad un subterfugio.

Dos

El día que mi tío Romero me echó de casa nevaba en Borenes y era un martes angustioso en el que se me había encabritado la úlcera de duodeno, recrudecida desde que me licenciaron de la mili.

Mi tío me echó con cajas destempladas.

Menos mal que ya por entonces había abandonado sus aficiones cinegéticas y vendido la escopeta del doce con que solía cazar aves acuáticas en un pantano, en el que pilló varias neumonías y el reuma que lo acabaría postrando en una silla de ruedas.

La escopeta hubiera supuesto un serio peligro para mi integridad física, si calibro el grado de ofuscación al que mi tío Romero podía llegar y el escándalo que dio pie a que por muy poco no lograra tirarme por las escaleras.

Fueron mi tío Romero y mi tía Calacita quienes me recogieron cuando quedé huérfano tras las muertes sucesivas de mi padre y de mi madre.

Era entonces un adolescente que todavía no se la pelaba y estaba muy metido en asuntos religiosos, con algunos escrúpulos espirituales contagiados por un amigo exseminarista que se llamaba Parmeno, sin haber llegado a la condición de meapilas, aunque faltándome poco para alcanzarla.

La vida espiritual tan contagiosa en lo que me ofrecía la amistad de Parmeno me resultaba un salvoconducto para superar otras contrariedades y hasta un entretenimiento para que el aburrimiento, al que era muy proclive, no me corroyera.

La verdad es que la muerte de mis padres paró en seco la devoción religiosa.

Me dejó sin ánimo para nada que no fuera quedarme quieto en cualquier sitio, medio atolondrado, papando moscas e incapaz de un llanto que me aliviase.

—Hay que nivelar la conciencia y poner el alma a remojo —me aconsejaba Parmeno, que entonces encontraba muchas dificultades para que le siguiese hasta la parroquia de San Verino, donde teníamos la costumbre de confesar y comulgar—. Con la dejadez, te desmoronas. La abulia te deja indefenso. No hay tentación que no te pille descuidado. Hay que elevarse, la infantería no es la tropa más aconsejable en tu situación. Cuerpo a tierra te quiere el enemigo, y Dios no toma el mando de los cobardes.

Primero murió mi madre.

Lo hizo un viernes de Cuaresma y, dada la salud con que sobrellevaba una vida sin alicientes pero también sin alteraciones, no pudo resultar más trágico aquel traspié que la derribó de espaldas, golpeando la nuca con el bordillo.

Traumatismo encefálico, oí repetir infinitas veces a don Gardiel, el médico de cabecera que siempre me pareció el menos apropiado no sólo para aquella precaria determinación de las causas de la terrible desgracia.

También lo había sido para tantos otros diagnósticos enrevesados que, en lo que a mí concierne, sirvieron para hacerme más dolorida la infancia y nada saludables sus prescripciones y recetas.

Todo ello con el insolvente afán de dar rienda suelta a mi fisiología enfermiza y dejarla que se explayase hasta que la anemia la forzara a desistir. Ésas eran sus consideraciones médicas, y mis padres no dudaban, ya que lo tenían por una lumbrera.

—El niño no tiene ni media torta —le decía don Gardiel muy ufano y malhablado a mi padre pesaroso, cuando el termómetro se había roto por el exceso de décimas y calentura al tomarme la temperatura en el culo.

Todo cabía en el ojo clínico de don Gardiel.

El traumatismo encefálico de mi madre no había sido fruto del tropezón sino de un quiste vaginal y las incipientes varices que intentaba disimular con las medias demasiado ajustadas y los tacones de los zapatos excesivamente altos.

Mis afecciones infantiles, repetía con el cálculo técnico que usaba con displicencia cuando me sacaba el termómetro del culo, resultaban aviesamente glandulares y convenía quitarme lo antes posible las amígdalas y las vegetaciones que hacían muy costoso mi crecimiento y el riesgo de cronificarse la irritación de garganta.

Mis padres no reparaban, o se hacían los suecos, en lo que a don Gardiel le había sucedido, sin que ningún colega moviera un dedo, cuando en el Colegio de Médicos le abrieron un expediente disciplinario por malas prácticas y falta de titulación en actos quirúrgicos de los que él se disculpaba asegurando que siempre se trataba de cirugías ministrantes.

Don Gardiel no se arredró ante lo que consideraba una extorsión profesional, fruto de la calumnia y la envidia y, muy al contrario, se envalentonó y dispuso a seguir con lo suyo que, aunque yo no sabía muy bien lo que era, sí estaba en sus manos por la inutilidad de mi padre ante sus ofrecimientos y esa convicción de tratarse de una lumbrera.

El ofrecimiento ya no era otro, tras haberme quitado en su día las amígdalas y las vegetaciones de una vez, que operarme de apendicitis y quitarme la hernia inguinal, una herencia de mi abuelo materno, al que ni siquiera había conocido.

Ambas cirugías las llevaría a cabo, como en el caso de las amígdalas y las vegetaciones, haciendo doblete, lo que no sólo facilitaría la operación, evitando riesgos de infecciones, sino que supondría una notable rebaja en el precio de la misma, un buen alivio en la factura.

—Este chico no tiene media torta, lo llevo diciendo desde que nació —aseguró una vez más a mi pesaroso padre, que a punto estuvo de ceder a su propuesta—. Es previsible la peritonitis a la primera de cambio, y el estrangulamiento de la hernia el primer día que salga a correr al patio del Colegio o le hagan saltar el plinto. Opero sin anestesia, no hay necesidad, y será mayor el ahorro y menor la intoxicación. Tampoco hace falta quirófano, me las arreglo en el gabinete y la enfermera es mi hija Velita, que ya tiene la regla. Nadie de más confianza que quien pone el ojo clínico donde nos es posible rascarlo.

No me operó.

La suerte estuvo a mi favor con el mismo infarto que se llevó a mi padre, cuando don Gardiel insistía, ya inhabilitado para ejercer la profesión, y mi padre le daba largas, a punto de quedarse viudo y dejarme huérfano, ya que su fallecimiento fue sucesivo al de mi madre accidentada, con muy poco tiempo por parte de mi progenitor para un luto reglamentario.

Uno y otro, mi padre y don Gardiel, cayeron en acto de servicio.

Las necrosis por obstrucción y falta de riego sobrevinieron en ambos casos entre el pericardio y el endocardio, dándole al miocardio su merecido, según diría Cirro Cobalto con tanta sorna como mala leche, cuando contabilizaba los infartos a los que había asistido a lo largo de su vida, en muchos de los cuales reconocía una somera pero satisfactoria participación.

Cayó mi padre al pie de una turbina en la planta de la Central Eléctrica que alimentaba uno de los pantanos correspondientes a la cuenca hidrográfica, donde trabajaba.

Lo hizo mientras evaluaba un informe técnico, muy discutido entre los ingenieros de la Confederación, que estaban peleados entre ellos y le tenían a mi padre una inquina termodinámica que también acabaría afectando al ingeniero jefe y a dos técnicos eléctricos que le hacían la rosca, todos ellos electrocutados en la misma cavidad torácica.

Cayó don Gardiel sin mayores miramientos cuando, sin hacer caso a su inhabilitación y dedicado a supervisar cirugías plásticas por correspondencia, tuvo que acudir urgentemente a una intervención clandestina.

La paciente estaba siendo tratada con la silicona que proporcionaba el propio supervisor, que también proveía de los fármacos y utensilios necesarios para la cirugía, pero había salido huyendo tras las inciertas incisiones a que era sometida, y fue el propio don Gardiel quien corrió tras ella para evitar la fuga y darle explicaciones, ya que los plásticos no querían saber nada del desaguisado.

Don Gardiel infartó en la acera y la paciente sufrió un colapso a la vuelta de la primera esquina.

Con motivo de la muerte de don Gardiel conocí a su hija Velita, entonces una adolescente esmirriada que ayudaba a su padre en las labores del gabinete, donde el médico inhabilitado improvisaba lo que en un quirófano pudiera necesitarse para llevar a cabo sus intervenciones ilegales, preferentemente relacionadas con pólipos e interrupciones del embarazo.

Velita, según me confesó cuando no mucho después comenzamos a tener relaciones sexuales incompletas, se había convertido en una suerte de enfermera asustada que iba y venía de la cocina al gabinete con una palangana, una toalla y unos paquetes de gasas y algodones.

Es curioso, decía Cirro Cobalto con la petulancia que lo caracterizaba y el prurito que tenía de ser un especialista en lo general, lo que el colapso y el infarto suponen con parecida probabilidad y un tanto por ciento equiparable de obstrucción de la arteria y postración circulatoria.

—Seas o no seas el Cantero que busco, siempre debes tenerlo muy en cuenta —remataba—, porque conmigo el riesgo es variable y no hay sálvese quien pueda a la vuelta de la esquina. Las misiones se cumplen a rajatabla. Las tramas ni son convencionales ni muchas veces hay dios que las entienda. Un infarto, una obstrucción arterial, menuda bagatela, vista la encomienda. Hay que estar a las duras y a las maduras. Soy el amo, la pista es mía. Los asuntos urgentes priman sobre los secundarios.

No caí por las escaleras de puro milagro, sin que hubiera hecho falta que mi tío me empujase.

Mi tío Romero estaba tan indignado como yo fuera de bolos, menos sorprendido de lo que debiera pero más intimidado y pesaroso, como si lo sucedido nada tuviese que ver con la realidad de los hechos.

Tal como me diría solazado y malicioso Cirro Cobalto más de una vez, se trataría en mi caso de una realidad novelera, impropia pero no indebida, ya que en el acervo de las pasiones humanas todo era posible, incluso los calentones y las soflamas.

Y debería tener muy en cuenta que mi tía Calacita, como paliativo de su comportamiento, lo era por el matrimonio con mi tío Romero, el hermano de mi madre, y que los parentescos tienen su grado y medida para el respeto que requieren, con el tanto por ciento en lo que son como en lo que dejan de ser, muy distinto moralmente ese respeto según la proximidad o la lejanía, pero sin prevalencias.

—No es lo mismo en cualquier caso una tía carnal que una prima segunda, pero sí muy parecido... —decía Cirro, del que entonces no sabía si tenía o había dejado de tener familia, y quien alababa de modo desmedido los apareamientos en el reino animal, donde no existía el componente incestuoso, sólo el instinto reproductivo.

Lo cierto es que habían pasado unos cuantos años desde que Cirro Cobalto me cogió por sorpresa en el patio del Caravel, y no había tenido ninguna noticia del mismo, precisamente desde que al fin de aquel curso obtuvo las mejores calificaciones y figuró en el cuadro de honor con la disimulada envidia de muchos alumnos, tanto de los suspendidos como de los relegados en la pugna de las notas.

Había llegado a mitad del segundo trimestre y se había integrado en el curso de una forma bastante aleatoria, muy a su aire pero dejando constancia de una capacidad de maniobra verdaderamente eficaz, suficiente para tenernos entre deslumbrados y sorprendidos a sus compañeros, y muy embelesados, aunque de manera no menos sorprendente, a casi todos los profesores, con el resultado de sus extraordinarias calificaciones.

—Si no das ni golpe, se te ve el plumero y llevas las de perder —advertía Cirro con displicencia—, y si te pasas de la raya, te conviertes en un empollón que da grima y alergia. Hay que ser listo, nadar y guardar la ropa, llevar la tea encendida. Si deslumbras, no es preciso hacerte valer. Se te ven las maneras. Suficiente para sacar el rendimiento preciso. Poca mecha y mucha chispa, así son las cosas.

Venía a clase tres días seguidos, casi nunca la jornada lectiva completa, y pasaba otros tantos sin aparecer. En ningún caso sin hacerse ver demasiado, pero siempre dando la nota adecuada en el momento oportuno.
Tenía la respuesta que nadie sabía en cualquier materia y era capaz de contestar adelantándose a las preguntas de los profesores, que parecían escucharle embobados.
En los recreos nunca se le veía el pelo.
Todos sabíamos que mantenía su retrete acotado y nadie se atrevía no ya a preguntar por él, ni siquiera a mentar aquellas ausencias y mucho menos sus desapariciones.

Yo era el único a quien reiteraba las advertencias para que velase por que nadie lo echara de menos, sin que se hicieran cábalas ni comentarios por anodinos que resultaran, y en su comportamiento fuera del aula había una actitud despreciativa que algunas veces hasta podía parecer amenazadora.

Supe en seguida a lo que respondía esa actitud, que sólo en ocasiones también me comprometía, ya que Cirro, sin apear las dudas de si yo era o no era el Cantero que andaba buscando, fue alargándome la confianza hasta que llegó a lo que en él más podía parecerse a una amistad, siempre lastrada, eso sí, por el recelo y el desagradecimiento.

La actitud despreciativa y hasta amenazadora que superaba ocasionalmente su distancia y menosprecio, sin que en ningún caso los compañeros de curso y el resto de los alumnos del Caravel se le acercaran, se acompasaba a sus problemas intestinales, al dilema de la evacuación y las micciones perentorias, que él sobrellevaba como un padecimiento indecoroso y secreto.

Cuando aquella mañana de un día de febrero apareció Cirro Cobalto en el patio del Caravel, embutido en la trinchera y con la gorra ladeada que no abandonaría hasta meses después, sin quitársela nunca en el aula, habría sido imposible imaginarme que años más tarde sería precisamente él, al que tanto tiempo llevaba sin ver, quien me estaría esperando en el portal de la casa de mis tíos, la fecha ignominiosa en que mi tío Romero me echó con cajas destempladas y a punto estuve de caer escaleras abajo.

No conocía entonces el secreto de la delación que motivaba aquel escándalo que tanto furor causó en mi tío, y que había sido llevada a cabo con miserables anónimos.

Sería precisamente Cirro Cobalto quien se encargó de ponerme al tanto de la misma, sugiriéndome que una mano ajena andaba siempre por el medio cuando se descubrían los asuntos guardados con la vergüenza de las intimidades malsanas, especialmente si eran domésticas y peligrosas.

Esas intimidades se correspondían casi siempre con una deslealtad, una traición, un escarceo o un descuido genital, que el propio Cirro achacaba en cualquiera de los casos a las veleidades, pasiones o calentones que él mismo desconocía, aunque como especialista en lo general podía certificar.

No creo que nada se le escapase a la perspicacia y malevolencia con que solía hacer sus observaciones y, en mi caso, siempre fui en sus manos un objeto de atención nada elocuente y poco interesante, pero muy adecuado para atizar su prepotencia y conmiseración.

Alguien tan pusilánime como necesitado de que le ayudasen a espabilar o hundirse por sus propios medios, ése era mi sino.

—No están tales precariedades venéreas en mi modo de ser —decía Cirro muy ufano—. Lo mío se atiene al placer disoluto, sin cortapisas ni encubrimientos. Todo aunque en algunas ocasiones no sepa distinguir entre el exceso y la falta de recursos. Soy un as cuando se impone la pasión, y si es cinematográfica mucho mejor. Lo que se exhibe en la pantalla supera lo que se experimenta en la vida.

Me esperaba Cirro Cobalto a la puerta de la casa de mis tíos, donde había discurrido mi existencia hasta aquel infausto y angustioso martes en que nevaba en Borenes y se me había encabritado la úlcera de duodeno, recrudecida desde que me licenciaron de la mili, y mi tío Romero me echó con cajas destempladas y el riesgo de rodar por las escaleras.

Tardé en percatarme de los años que habían pasado desde que Cirro desapareció del Caravel sin despedirse de nadie y también tardé, conturbado como estaba en aquel momento, en hacerme cargo de su presencia y aceptar la sorpresa que, en un primer momento, me pareció tan extraña como inoportuna.

—Seas o no seas el Cantero que buscaba —dijo al echarme una mano para que no desfalleciera en el portal, cuando las piernas seguían temblándome y por el hueco de las escaleras se oía el eco de la voz de mi tío Romero que aunaba los insultos y las maldiciones—, vengo para alistarte y ponerte firme y en guardia. No te preocupes, estás a mi servicio y nadie va a tocarte un pelo. Lo que hayas hecho no sé la motivación que tiene, ahora me lo cuentas. Me huelo la tostada, eso sí, menudo cabroncete.

Me sacó del portal con menos maña que eficacia, y en el trance de hacerlo ya pude observar su sonrisa cómplice y resabiada y también, por lo que en seguida me dijo, más allá de sus consideraciones posteriores, el desdén que le producía lo que me estaba sucediendo, lo que se me podía achacar por mi mala cabeza y falta de capacidad y estrategia.

—Me lo vas a contar con pelos y señales, sin dejarte nada en el tintero. Todavía no tengo claro si vales para algo o eres un piernas. No es bueno hacer en casa lo que se consigue fuera. La familia siempre resulta un incordio. ¿Tan escocido estabas o es que tu tía no se aguantaba los antojos...?

Nevaba en Borenes.

Era un martes angustioso, probablemente trece, absolutamente inadecuado para alguien que como yo está enganchado al horóscopo y se atiene al designio de los signos astrales.

Hasta el punto de que en muchas ocasiones, y muy especialmente en aquellos días, hace o no hace lo que debe y puede con la compunción o el descaro con que el destino muestra como previsión incierta.

Nevó todo el día y quedó Borenes como si una manta cubriera la ciudad, como si una pared la tapiara o igual que si se hundiese con el peso de lo que le caía encima, sin duda lo más parecido a lo que a mí me estaba sucediendo.

—Un día de perros —dijo Cirro Cobalto, que en vez de la antigua trinchera vestía un abrigo negro que le llegaba hasta los pies, y en vez de la gorra ladeada un sombrero de ala corta—. Nadie me advirtió jamás del invierno crudo de esta puta ciudad en la que nunca tuve nada que hacer, ya que en ella nada se me perdió. La mala sombra de las ciudades invernales, qué pereza.

En los bares en los que fuimos recalando aquella mañana había la misma atmósfera inhóspita de la intemperie, y ya en el primero de ellos, el Parsifal de la Calle Centenario, Cirro Cobalto, sin interesarse demasiado por mi situación, que daba por sabida según las consideraciones bastante someras que me hizo y le pude contar, llevó la conversación a los recuerdos del Caravel.

No dejó de sorprenderme aquella cuestión tras los años que habían transcurrido desde que él desapareció después de aquel curso y yo, más o menos precariamente en compañía de los demás alumnos, terminé los estudios y encontré un primer trabajo en el despacho de un viejo amigo de mi padre.

—¿Recuerdas lo que te dije el día que llegué y me acompañaste al retrete y al aula? —me inquirió Cirro, que en el Parsifal no se había quitado ni el abrigo ni el sombrero y apoyaba los zapatos mojados en una silla cercana, tras pedir unos cafés y unas copas.

Me resultaba muy difícil responderle.

No había superado en absoluto las consecuencias del altercado en que acababa de verme metido, con mi tío descubriendo el lío que involucraba a mi tía Calacita.

De ella tardé algunos días en saber algo, precisamente por Cirro que, al parecer y sin que yo me enterara, se disponía a llevar, como dijo de pasada y entre otras advertencias e insinuaciones, la completa contabilidad de mi vida

34

y milagros. Lo mínimo que debe procurarse con alguien que te alista a su servicio y se propone ponerte firme y en guardia, dijo.

Lo que me había pasado con mi tía Calacita era el resultado de un largo desconcierto muy relacionado con mi condición de huérfano que fuera de su medio, la casa en la que había vivido con mis padres hasta sus sucesivos fallecimientos, arriba a otro lugar y a una nueva situación.

Fue en esa situación, y sin previo aviso, donde se alteró la soledad del adolescente que yo sobrellevaba en la inopia. Y al tiempo, se diluyeron las condiciones de un amparo familiar que ni necesitaba nombrarse ni reconocerse en la expresión de los afectos, y en ese nuevo estado se removieron poco a poco otras emociones y sentimientos, de manera tan contagiosa como inesperada.

Eso sucedió de un modo parecido a como en ocasiones se presienten las enfermedades y surge una fiebre que salpica la intimidad de los sentidos.
Todo ello con una gran confusión, como si se acompasara con los cambios de la edad que se mueve, y el crecimiento que la justifica.

No parecía que Cirro Cobalto tuviera mucha curiosidad para que yo le contara, hasta donde en aquellos momentos me hubiera sido posible, el desarrollo de los acontecimientos con que se había revuelto mi situación hasta llegar al extremo de verme a punto de ser arrojado por las escaleras.
Lo que me hubiera pasado, antes de recogerme en el portal de forma tan sorpresiva como si su presencia se debiera a algo más que a una casualidad, no tenía mayor importancia o no pertenecía al intento de venir a buscarme, ni suscitaba otra curiosidad que la de un lío más aparatoso

que interesante, en el que mediaba una delación de la que él sabía algo, que tardó en revelarme.

No parecía que le apeteciera ir más lejos recabando mayor información, ni necesitaba verme aliviado al poder despacharme con la confesión de mis tribulaciones, cuando ya había pedido en el Parsifal una segunda copa que me aconsejaba tomar de un trago.

Se contentaba con suscitar un aliciente comprensivo y darle al incidente, hasta que me vio menos alterado, un aire humorístico: la contrapartida jocosa a lo que podía tener visos melodramáticos o tragicómicos.

—No te enteras, estás pasmado —me reconvino, cuando al beber la segunda copa me atraganté un poco, y el nerviosismo había derivado en los escalofríos que provenían de la intemperie, ya que no llevaba ninguna prenda de abrigo y apenas una chaqueta de lana, los pantalones de andar por casa y los zapatos sin calcetines—. Tienes que espabilar, no vas a dejar que te tomen el pelo. ¿Te acuerdas o no te acuerdas de lo que te dije cuando aquel día entramos en el aula y escribí algo en el encerado? «Llegó Cirro, el tiempo escampa», con tiza y letras grandes. Lo que te dije fue una orden, no un ruego.

—No me acuerdo —musité cohibido, sin que de aquella mañana de hacía tantos años pudiese retener en ese momento otra cosa que la niebla y el ruido al tirar de la cadena en el retrete.

Tres

No llegué a recordar aquello para lo que Cirro Cobalto me requería y fue él quien me puso al tanto, achacándome no ya la mala memoria sino lo que el olvido significaba como incumplimiento de sus órdenes.

En aquellos trimestres en que estuvo presente y ausente en el Caravel, apareciendo y desapareciendo sin previo aviso, hasta rematar el curso con sus brillantes calificaciones, me tuvo bajo su mandato.

Yo era el único a quien recurría y con el que pasaba el tiempo.

Los demás compañeros de curso mantenían, tan respetuosos como temerosos, una distancia acotada por él y ni se les ocurría sentarse en el pupitre de primera fila que mantenía reservado para compartirlo conmigo. Tampoco nadie usaba el retrete de Cirro.

Esa situación creó al principio cierto mosqueo y no tardé en verme implicado en ella de un modo nada grato, pues la reserva temerosa que suscitaba la presencia de Cirro se iba expandiendo a mi alrededor cuando él no estaba.

Y, sin que nadie me retirara la palabra, casi todos y con pocas distinciones hacían lo posible por evitarme o zanjar con cuatro excusas lo que correspondiera.

No fumaba en el patio con los viejos compañeros que compartíamos los cigarrillos o las pavas de los que íbamos apagando para seguir fumándolos en la siguiente ocasión.

Eran ellos los que habían dejado de avisarme o, sin aparentar que lo hacían, mostraban una especie de desinterés temeroso.

Podía sentirme aislado, tenía razones para percibir esa distancia que no dejaba de ser respetuosa, aunque ya no pareciera la actitud propia de unas amigables relaciones que también a veces se enfrían por causas más explícitas.

Volvía Cirro otra mañana cualquiera y se deshacía el habitual rumor de la clase.

Se espesaba el silencio.

Nadie se movía sin que nadie hubiera impuesto aquella disciplina que acarreaba su presencia y que los profesores, sin ninguna excepción, celebraban con el pláceme y el saludo al pasar lista, muy satisfechos de verlo de nuevo, y sin que a ninguno se le ocurriera recabar el motivo de su ausencia.

Todos daban por descontado que aquel alumno cuyo único defecto era no destocarse en el aula, manteniendo la gorra ladeada como un atributo de su peculiar personalidad, estaría, aun faltando a clase, muy al tanto de los avances de la asignatura, ofreciéndole la ocasión de demostrarlo.

Cirro jamás fallaba en lo que parecía saberse de memoria, hasta pasándose de rosca, o en salir al encerado a la primera de cambio y resolver problemas y operaciones con la inusitada brillantez que a todos nos dejaba a dos velas y apabullaba al profesor de turno, que también parecía quedar a vela y media pero sin atreverse a poner en cuestión los resultados.

Cirro se apuraba a borrar el encerado como si en las resoluciones se contabilizase también la rapidez operativa, la anticipada llegada a la meta que tanto se valoraba en las competiciones deportivas y, casi siempre al regresar al pupitre y sentarse a mi lado, sacudiendo el polvo de la tiza, solía mascullar que estaba hasta el moño de tanto fraude algebraico y de la necesidad de dar el pego cuando ni siquiera se debía contar con los dedos.

—Fui al retrete, me enseñaste el aula —detalló Cirro cuando desde el Parsifal habíamos pasado al Prosodio, en la misma Calle Centenario, ya menos abatidos por la nieve pero con el frío de la misma congelación, y yo previendo la bronquitis que remataría la faena de mi tío Romero, ya que no tardaría en hacérseme crónica—, escribí lo que escribí en el encerado y te dije como una orden y no un ruego que si de verdad eras el Cantero que buscaba, al que le tocara borrar el encerado me lo pusieses el primero de la lista. ¿Lo hiciste o se te fue la olla?

Era lo último que podía recordar, aunque todo lo concerniente a aquella primera ocasión lo tenía muy presente, pero no esa encomienda que se me habría pasado como algo tan ocasional como trivial. Lo menos relevante que pude oír, sin que el polvo de la tiza tuviera en ningún momento la importancia de la niebla en la evaluación de aquella mañana.

La niebla en la que por cierto había desaparecido, alzado el cuello de su trinchera.

—¿Quién fue? —inquirió Cirro, derramando la copa que había pedido sobre la mesa a la que estábamos sentados en el Prosodio al poner los pies en ella, y sin esperar a que yo alcanzara la mía, lo que evitó de un manotazo—. ¿Quién lo borró, a quién maldijo la mala suerte de hacerlo?

—No lo sé —dije indeciso y algo asustado—. No lo puedo recordar, ni siquiera me fijaría.

—Mal comienzo —aseguró Cirro, cabeceando como si asintiera a sus más oscuras determinaciones, con el gesto protervo con que tantas veces lo vería desde aquel momento y acaso hubiera vislumbrado en alguna ocasión pasada, al repartir collejas y bofetadas en los pasillos del Caravel o intentar tirar a un bedel por la ventana—. No cumples lo prometido, sigues sin ser el Cantero que necesito.

—Entonces no me lo preguntaste —le contesté molesto—. Probablemente lo hubiera sabido. No le daría importancia. Lo que recuerdo es que lo que escribiste estuvo mucho tiempo en el encerado. «Llegó Cirro, el tiempo escampa». Hubo muchos que lo leyeron en voz alta. No se sabía lo que querías decir. El invierno era crudo, el tiempo no levantó cabeza. Cualquiera tenía fríos los pies y la chola vacía. No se entendía que el tiempo escampase.

—Me encargaré del asunto —concluyó Cirro, sin volver a hablar de ello, menos enfadado pero no muy expansivo cuando recalamos en el Volatines, Calle Centenario arriba, y yo ya tenía en los bronquios un ruido de escarpias—, pero ten siempre en cuenta que yo no olvido si no quiero que nadie olvide. Jamás fui uno cualquiera y a quienes alisto los mantengo firmes. Mando en plaza, ases hasta en la manga. Los asuntos urgentes hay que zanjarlos. La vida no es para los pardillos.

Todo lo que podía sucederme desde el día en que fui a vivir con mi tío Romero y mi tía Calacita, siendo un adolescente huérfano de padre y madre, recogido por ellos con la ilusoria abnegación que no mostró ningún otro familiar, tuvo ya su previsión a la primera de cambio.

Y la tuvo pocas semanas después de llegar, pero sin que el huérfano sintiese otra cosa que un pudor residual y un respeto sin tapujos, con las consiguientes conmociones a que suelen dar pie los sentimientos contradictorios.

Lo puedo contar así, con el coste y el esfuerzo de hacerlo, manteniendo cierta contención también respetuosa y algo que podría parecerse a un secreto avergonzado y a la intimidad en que se removía mi timidez.

Y no sólo esa timidez como actitud medrosa y encogida, también con la cortedad de ánimo que la misma supone, y con un desconcierto sin brújula según se iban concatenando los hechos y los sucesos en aquella casa que no era de acogida sino de generosa familiaridad.

De otro hogar se trataba.

Ofrecido al hijo único que en la orfandad se quedaba más solo que la una y, además, sin visos de levantar cabeza, dado su carácter apocado y los granos que en la cara detallaban las muescas del costoso crecimiento en que estaba metido.

Mis tíos Romero y Calacita vivían en el Barrio de la Consistencia, al otro extremo de Borenes, lo que sin remedio iba a suponerme un cambio radical de ambiente y amistades.

También al acabar el curso, que ya periclitaba, matricularme en otro centro educativo del nuevo barrio, precisamente el Caravel, al que arribé muy desarmado y cariacontecido.

Sin todavía haber superado el luto de las defunciones y manteniendo el gesto condolido y penoso de quien no tiene asidero y se presta de llegada a las bromas y burlas de los compañeros menos compasivos y al desinterés de los menos misericordiosos, flotando por ambos conductos entre la inquina y el menosprecio.

No tardé en espabilar.

Tuve una reacción insospechada cuando más abatido me sentía.

Habían pasado unas semanas y estaba integrado en el pelotón de los torpes, entre el ganado de desecho que cifraba su interés educativo en los bienes de la holgazanería y el desprecio al sistema y a los profesores, que no merecían el respeto debido porque ni daban pie con bola en las explicaciones didácticas ni tenían otro interés en el aula que el de pasar lista bostezando y amenazar con las expulsiones y los suspensos.

La indisciplina resultaba a veces casi generalizada, sin que los sucesivos Jefes de Estudios que intentaron llevar a buen puerto su cometido dejaran de estrellarse.

Hasta que un día se hizo cargo un profesional que, según se supo, había velado armas militares y tenía una versatilidad sibilina y sin paliativos ni mediaciones para el castigo y las bofetadas, sin previa advertencia ni requerimiento.

Fue ese hombre, que en seguida se ganó los galones metiéndonos en cintura y con el miedo en el cuerpo, sin importarle la vejación de los más revoltosos y el escarnio de los más presumidos, quien puso las cosas en su sitio durante los cursos que duró su mandato.

Hasta su muerte también en acto de servicio, como les había sucedido en su día a mi progenitor y al cirujano expedientado que pudo operarme de amígdalas y vegetaciones.

En el patio del Caravel se le rindieron honores militares, si por tales tenemos un minuto de silencio en su memoria, la bandera arriada y el himno del Colegio que, en algunas de sus estrofas, exigía un solo de voz blanca y la posición de firmes del coro con las segundas y terceras voces a punto de estallar, incitando al estribillo al resto de los colegiales, incluidos los que nunca aprendieron la letra.

No sé exactamente lo que pudo sucederme, pero en mi reacción insospechada, cuando ya el abatimiento me hacía correr por el patio tras los demás, asimilando las burlas y casi solicitando clemencia y, por supuesto, sin dar golpe en los estudios, me paré en seco, y llamé a voces por su mote a uno de los cabecillas alborotadores, el que más me despreciaba.

Casi no tuvo tiempo de acercarse y, ante la sorpresa y consternación de todos, corrí hacia él y le pegué una patada en los testículos y, según se agachaba, un puñetazo en los morros que le hizo caer al suelo, gimiendo y sin que nadie reaccionara para echarle una mano.

Si eso se lo hubiese contado a Cirro, algún galón previo habría ganado.

Aquello me costó una buena paliza, que acepté sin remilgos, pero me sirvió para espabilar y quedar alistado entre las medianías que ya comenzábamos a fumar la pava en los recreos, chupando la misma nicotina y con iguales arcadas, mientras los más listos y presumidos fumaban las colillas de otras manufacturas más caras, unos pitillos rubios que les ponían amarillos los dedos y los delataban si tenían que echar el aliento.

Iba mucho más suelto por el Barrio de la Consistencia, que ya era el mío.

Los meses no pasaron en vano.

Me daba lo mismo que en Borenes lloviera o que el sol me golpease el coco, ya que jamás usé gorra y fue en la mili, al ser obligatoria, cuando me quedé calvo por culpa de la misma y de la falta de respiración capilar, a lo que también contribuyó una loción farmacéutica de elaboración casera.

El adolescente atolondrado que no se quitaba de la cabeza el sucesivo fallecimiento de sus padres ya llevaba un tiempo rezagado en la cama muchas mañanas, con la ingle escocida y los efectos de la polución nocturna.

Fue mi amigo Parmeno, algo mayor que yo y con un liviano pasado de seminarista vocacional echado a perder por unas reincidentes fiebres de Malta y un trauma espiritual de consecuencias imprevisibles, quien acogió al adolescente y le propuso un plan para salir a flote de la miseria moral y la impudicia en que estaba metido.

—Tienes que superar la pérdida de tus padres —me dijo Parmeno, que en su condición de exseminarista mantenía la docencia del sacerdocio frustrado y una conmiseración llena de recursos redentores— y tienes que aspirar sin reserva y con coraje a que el vicio solitario no mancille su recuerdo, y mucho menos a que te veas incurso en la tribulación y aquejado por los malos pensamientos y los torpes deseos.

Las poluciones me salpicaban los sarpullidos y comenzaba a tener unas ensoñaciones inusitadas en las que confluían todo tipo de veleidades femeninas.

Algunas de muy concreta fisonomía y otras más fantasmales e irreconocibles pero, en casi todas las ocasiones, tan procaces como lujuriosas y tan turbadoras como efímeras.

Casi nunca las vestales agradecidas que hubiera necesitado y casi siempre dejándome tras la polución que enfriaba las sábanas un despertar angustioso y un grado de culpabilidad que concernía penosamente al fallecimiento de mis padres.

—Hay que flagelarse, Cantero —me propuso Parmeno, el único a quien había hecho algunas de las sinuosas confidencias que alteraban mi espíritu, ya que todavía el alma no había aflorado a mi conciencia pecaminosa—. Es el castigo corporal el mejor detergente contra la impureza y los malos pensamientos. También para los sueños lascivos, y no digamos para las intenciones aviesas. Luego, cuando ya estés limpio de pensamiento y obra, la confesión general, el amoniaco, la lejía y el estropajo para la penitencia.

El plan de Parmeno comenzó a dar el resultado higiénico apetecido, aunque el instrumento de la flagelación, un cilicio que conservaba del seminario, me produjo por la falta de cálculo al aplicarlo en el muslo unas punciones que se infectaron.

Fue el propio Parmeno quien me las curó alentándome, sin embargo, a que no prescindiera del cilicio, ya que el sufrimiento y la mercromina tenían un doble efecto incisivo y curativo, no ajeno a lo que las heridas del cuerpo promueven en la salvación del alma y en la sanación del mismo.

—Un día te contaré el trauma espiritual que, con las fiebres de Malta, contraje para que me expulsaran del seminario —me dijo Parmeno cuando ya íbamos un día y otro a misa y a confesar y comulgar a la parroquia de San Verino— y comprobarás no ya que la ocasión la pintan calva, sino los peligros que acechan donde menos se piensa. En los sacramentos también, o en la mirada esquiva a un cristo o a una magdalena. Fui preso de mis compunciones y escrúpulos. Me pasé de rosca, también de la raya.

Parmeno venía a buscarme y yo me hacía el cojo, evitando mostrarle el otro muslo al que teóricamente llevaba adherido el cilicio, ya que las punciones todavía no estaban curadas y las molestias seguían siendo penitencialmente rentables.

Se mostraba preocupado porque las heridas dejaran cicatrices. No hay que llegar a mártir, bastaba con aspirar a la castidad, decía. Si por el exceso se llega a la gangrena y se pierde una extremidad, bendito sea Dios pero menudo incordio, no hagamos un pan como unas hostias. No nos pasemos.

—En cualquier caso —repetía Parmeno, muy confiado, sobre todo las mañanas en que nos dedicábamos a comulgar dos o tres veces, tanto en la parroquia como en las capillas de las Consiliares y los Palotinos, tras haber confesado otras tres la tarde anterior—, jamás pierdas de vista que cuerpo a tierra te quiere el enemigo, y Dios no toma el mando de los cobardes.

Llevaba todas las de ganar para convertirme en un meapilas, sin que conservara un as en la manga para hacerlo como un ventajista y según me conviniera, sino entregado a la causa con todas las cartas descubiertas.

Iba recto a la peana donde podría encaramarme como uno más entre los beatos que permanecían pasmados en los atrios o en las sacristías, y que siempre me habían causado más pena que devoción.

Menos mal que no acababa de hacerme a la idea del rendimiento de los bienes espirituales, y las ocurrencias y propuestas de Parmeno cada día me resultaban menos apetecibles y más raras, como si su pasado de seminarista estuviese lleno de oscuridades y reticencias.

La mención al trauma espiritual que motivó su expulsión del seminario volvía a repetirse a la primera de cambio, como un doloroso recurso del que echaba mano al percibir que me iba desenganchando de nuestro convenio espiritual, dando poco a poco muestras patentes de mi desinterés y falta de devoción y del lastre de un aburrimiento que nada tenía que ver con la abulia que propiciaban las tentaciones.

—Te relajas, Cantero —me advirtió Parmeno con mucha preocupación, cuando me vio desganado y con un mal humor que predecía mi retirada, como si en el comportamiento del meapilas se hubiese atascado la centrifugadora y de nada sirviese cambiar de detergente ni fuese necesario aplicar la mercromina—, y ése es el camino para volver a las andadas. Desbarrar, desmoronarte, dejar la colada a medias y no tener altura de miras.

—No es desánimo —le dije más cabreado que circunspecto—, es que estoy hasta el gorro y no le veo rendimiento alguno a la mortificación y la abstinencia. Me aburro como las piedras, tengo palpitaciones y picores. Me cuesta mear.

—Es una crisis, Cantero —intercedió comprensivo Parmeno, que siempre llevaba un rosario en la manga y estaba muy dispuesto a darme la vara, aunque se arriesgase a sacarme de quicio, lo que ya había conseguido otras veces—, y como tal hay que asumirla y tratarla. Es el temperamento que tienes y también la indolencia y la petulancia, debes reconocerlo. El orgullo ofrece variantes que disimulan la modestia. No sé si no has llegado a comulgar resentido o confesarte de mala gana. Se te cruzan los cables y, en cualquier caso, las crisis son mutaciones que te limpian el alma, si las superas. Un poco de quitamanchas y suavizante concentrado, y menos arrogancia, ya verás cómo reluces.

Salvé los muebles pero no sin esfuerzo y con el tiempo, como llegué a saber por Cirro Cobalto, cuando ya estaba en sus manos después de recogerme en el portal el día en que mi tío Romero me echó de casa, con el coste de alguna inesperada información que más que indignarme me dejó estupefacto, sin que el recuerdo de los muebles paliara el efecto de la noticia.

Parmeno tardó más de lo debido en desaparecer de mi vida.

Antes de hacerlo, me conminó a que fuéramos a ver en su despacho parroquial al padre Capelo que, sin que yo en ningún momento me hubiera dado cuenta, era no sólo nuestro confesor sino una suerte de padre espiritual que cosía los remiendos de nuestras precarias indecencias, haciéndonos ver que lo venial era la antesala de lo mortal, a veces extrañamente muerto de risa.

—No quieres saber nada de mí —me dijo Parmeno un día en que me lo tropecé en la esquina de Pavimentaciones, muy cerca de mi casa y cuando ya habían pasado meses desde la última vez que nos habíamos visto en el despacho del padre Capelo—, pero eso no impide que me escuches, aunque sólo sea por los débitos y los miramientos. No me expulsaron del seminario porque se me arrugara la vocación. Tampoco tuve una crisis de fe. Ni los escrúpulos me causaron la anemia que a punto estuvo de llevarme al otro barrio. Tampoco pecaba de pensamiento y obra, como puedes imaginarte.

Iba con prisas y evitar a Parmeno me costó un esfuerzo que duró lo que la larga caminata y las oportunas paradas me supusieron.

Me venía a la zaga o avanzaba unos pasos por delante de mí, para finalmente cogerme por las solapas de la chaqueta y acercarme el morro con un gesto desabrido y, a la vez, suplicante.

—Escucha, Cantero —casi me gritó—, no es la voz de la conciencia, no te la mereces. Es la verdad de unos hechos puntuales que explican el trauma espiritual que me llevó a la expulsión y al desmoronamiento.

La boca de Parmeno emitía un tufo de alcoholes revenidos.

El aliento de quien tiene seca la garganta por el desgaste de las palabras furibundas y lamentables, y un brillo en los ojos que se quiebra como el cristal del que te mira sin verte.

Me resigné a escucharle.

Habíamos llegado a la Plaza de la Retama y se movió inquieto para sujetarse en una farola, sin dejarse caer pero casi abatido sobre ella.

Tuve la intención de ayudarle, pero me rehuyó con un movimiento intemperante.

—Nunca vino Dios a verme —dijo, sin alzar los ojos—. Fue el diablo con sus tretas, el mismísimo diablo meridiano. Me cogió por el cuello. Daban las doce en punto en el reloj del refectorio. Cedí al ahogo y a la tentación. Me puse a sus pies. Me dio una hostia y una patada en la boca del estómago. Una hora más tarde, tirado en el corredor, supliqué que alguien se acercara a reconfortarme pero nadie me hizo caso. El trauma devino en crisis. Del confesionario tuvieron que retirarme aquella noche entre los dos seminaristas más fornidos. Los escrúpulos no me dejaban dormir. Robé del sagrario el copón con las sagradas formas. Pillé una indigestión.

Parmeno era un guiñapo tirado al pie de la farola en la Plaza de la Retama, y yo recrié una mala conciencia que duraría un tiempo lleno de resquemores, que se fue paliando cuando las atenciones de mi tía Calacita comenzaron a surtir unos efectos imprevisibles.

—No dejarás de ser un pardillo —me dijo en una ocasión Cirro Cobalto, para quien algunas de mis actitudes y reacciones resultaban incomprensibles— y no vas a salir de pobre. A la vida hay que darle carrete. Un día es un chasco. Una hora un espino. Un minuto un calambre. Un segundo un suspiro. O remontas o te desquicias. Toma nota y no te rasques los huevos, que da grima verte y también las ladillas tienen derecho a la supervivencia, aunque no sean especie protegida.

Decía el padre Capelo, que fue párroco de San Verino hasta el sonado escándalo que se produjo cuando huyó con una hija espiritual dejando, para mayor oprobio, esquilmadas las arcas parroquiales y una misiva de despedida que rogaba fuese leída con la homilía dominical, que los malos pensamientos en lo que atañe al sexto mandamiento no tienen otra razón de ser que una incidencia mental e inguinal no estrictamente reprobable.

Todavía en la última ocasión en que accedí a ir a su despacho con Parmeno, cuando ya prácticamente habíamos tarifado y Parmeno estaba no sólo derrotado por mi defección, que no lograba asimilar, sino aquejado de otra dolencia espiritual más contundente y traumática y que le producía escorbuto, el padre Capelo se mostró particularmente benévolo y muy expansivo y dicharachero.

Era todo lo contrario de lo que Parmeno pudiera esperar, hecho a la idea de un rescate in extremis, hundida la chalupa en que yo navegaba en aguas pantanosas.

Aquel hombre nunca en las confesiones se avenía a la penitencia y hasta sonreía halagado y comprensivo con el torpe relato de los actos impuros, que en el confesionario componían la solfa pajillera de los más acobardados, todos contritos y temerosos.

El padre Capelo daba la absolución comprensivo y jaleaba a los más menesterosos con la jocosa intención de que superaran tan pobres resultados y pudieran ofrecer mejor materia prima al sacramento.

Estaba claro que no iba a secundar a Parmeno en aquella ocurrencia de rescatarme del naufragio, aunque tampoco iba a tirarle de las orejas o hacernos compartir el mismo sopapo, una vez vaciadas las vinajeras y fumado con él lo que más se parecía a un canuto, probablemente liado con incienso y mirra.

—Ese cura era un baranda —me dijo Cirro Cobalto, a quien le gustaba recordar algunos sucesos que en Borenes habían soliviantado a la sociedad mercantil, la más hacendosa de una ciudad retardataria—, y no hablo a humo de pajas, tengo pruebas. Los que fuisteis pajilleros entumecidos, valga la redundancia, le tenéis respeto y eso os honra. Los que hicieron transacciones o vieron peligrar a sus cuñadas no lo tienen tan claro. Una vez fui intermediario de un alijo de casullas. Buen género, hilatura de oro. Ese cura fumaba opio, no sé si en el sentido estricto o en el teológico. Era un baranda muy impuesto en lo suyo, teodiceas y sagradas escrituras.

Es verdad que lo que pude escucharle en más de una ocasión al padre Capelo no dejó de alimentar mi curiosidad más que aliviarla, sobre todo en lo referente a las relaciones matrimoniales y al uso y variedad del débito conyugal, de lo que Cirro Cobalto estaba muy informado.

—Por lo que de él pude aprender, entre algunas comisiones y algarabías —dijo Cirro, que atendía mi interés por saber otras cosas del padre Capelo, pero jamás me habló de la correspondencia que con él mantenía, lo que no dejaba de sorprenderme, tanto como si el propio Cirro me hubiese llegado a confesar que alguna vez fue novicio o militó en regulares—, los actos conyugales y las relaciones tienen una ponderación clasificatoria en aras de sus posibilidades y catadura, fisiológicamente y en su moralidad y penitencia.

No era posible evitar la sensación de cachondeo con que Cirro lo contaba.

Tampoco la idea de que la mayor parte de aquellas informaciones provenía de su imaginación calenturienta, ya que Cirro solía hablar con destemplanza e ironía o con una desfachatez que proporcionaba veracidad a sus mentiras, lo que suele pasar en las novelas.

—Las relaciones sexuales, según el moralista y teólogo —enumeraba Cirro de carrerilla—, pueden llegar a ser: inadecuadas, consentidas, incompletas, satisfactorias, insatisfactorias, accidentales, renuentes, expansivas, imprevistas, solicitadas, interpuestas, complicadas o consabidas. La cartilla tiene más opciones, todas relativas a la voluntad de los usuarios. Tanto las que sobran como las que faltan están convenientemente reguladas y ninguna resulta de obligado cumplimiento.

Parmeno solía regresar del confesionario, bien fuese en San Verino o en cualquiera de las otras parroquias a las que íbamos a confesar y comulgar hasta tres veces el mismo día, con la cara congestionada y el paso vacilante, hasta el extremo de caerse y derribar el reclinatorio.

—Te toca —me decía indicando el confesionario, al verme aguardar cohibido y tembloroso, cuando en aquellas situaciones era previsible que la penitencia fuese administrada a manos llenas, y la cara de Parmeno resultaba la demostración—. Esquiva lo que puedas, es un cura sordo y aplica el tercer grado. Todo le suena a sacrilegio.

—Os daban las hostias anticipadas —decía Cirro Cobalto muy complacido, cuando le contaba lo que solía sucedernos cuando menos lo esperábamos, lo que en alguna ocasión me hizo salir por pies mientras Parmeno se derrumbaba y me achacaba luego mi cobardía y el oprobio de encontrarme en pecado mortal—, y así os lucía el pelo. La totalidad del sacramento de la penitencia echada a perder, vaya desperdicio.

La verdad es que más que huérfano parecía desahuciado, y según voy contando y recordando lo mío, yendo y viniendo en el intento de no pasarme ni quedarme corto, me siento ajeno o fuera de lo que debieran implicar mis intereses, si es que alguna vez los tuve, más allá de lo que Cirro pudo malmeterme con las ocurrencias de un ser que imaginaba más mistificador que verdadero.

Falleció mi madre dando un traspié fatídico y murió mi padre en acto de servicio.

En el tiempo entre uno y otro fallecimiento tuve sensaciones muy variadas, casi todas tendentes a la confusión de mi ánimo y a una idea distinta de la soledad.

Mi casa no era la misma.

Reverberaba en ella una atmósfera de desamparo, como si en la iluminación de sus espacios, el pasillo, las habitaciones, el comedor, la cocina, la sala de estar se hubiesen enfriado los reflejos de unos actos domésticos triviales, desligados ahora de su sentido y costumbre, como rotos o coagulados en su inmovilidad.

Esas sensaciones se radicalizaron con el sucesivo fallecimiento del progenitor en acto de servicio, y rehusé a que mis tíos Romero y Calacita me llevasen con ellos aquel mismo día.

Tras el entierro y una insistencia inútil, me quedé solo en la casa y contuve el llanto con una enorme fortaleza, hasta que aquella noche, tras dormirme ayudado por las pastillas que me proporcionaron, me desperté entre lágrimas.

Vino a por mí mi tía Calacita al día siguiente y ya no resultó difícil que accediera a asumir la condición de huérfano, necesitado de una familia que no sólo mostrara su generosa disposición, sino la opción de acogerme entre ellos como el hijo que no habían tenido.

Habían quedado evidenciadas las reservas de otros familiares que se llamaban andana y simplemente se complacían de aquella buena idea, pues Romero y Calacita eran los más adecuados y a quienes los difuntos hubiesen señalado para que adoptaran al huérfano.

Por entonces estaba ya en el trance de liquidar mis derivas espirituales.

Mi amigo Parmeno padecía la afrenta de verme perdido porque ya las devociones procuraban día a día mayor aburrimiento y el propio Parmeno, que no cejó en el empeño de que volviera al redil, sin que la disolvente ayuda del padre Capelo sirviera de nada, se enfrentó al trance de tener que afrontar la metamorfosis de los escrúpulos por la nueva dolencia espiritual del escorbuto.

Fue menor el tiempo que tuve que invertir para superar mi desahucio mental e irme haciendo a la costumbre de la casa de Calacita y Romero.

Estaba en la Calle Perfiles del Barrio de la Consistencia, en el otro extremo de la Borenes en que había vivido, y no era la primera vez que mis tíos me tenían con ellos, hasta me había quedado como huésped muy bien atendido en algunos viajes y otras ausencias de mis progenitores.

—Aquí tienes tu habitación y tu cama —me había ofrecido en aquellas ocasiones mi tía Calacita, siempre tan cariñosa y complaciente, mientras mi tío Romero, que le sacaba no menos de diez años a su esposa, intentaba rebajar lo que consideraba como inocuas zalamerías— y el pijama y las sábanas a estrenar y la colcha que tejí yo misma, o si prefieres el edredón, a tu gusto.

Calacita sostenía con esfuerzo y sin especiales resultados físicos, ya que la edad en nada la había favorecido, una suerte de fervor juvenil que podía haberle desgastado las ilusiones antes de tiempo, y con poca piedad para lo que ella hubiese anhelado.

Era una mujer alta y delgada, con las manos de pianista de quien no tuvo afición musical, y que en su estilizada belleza siempre la obsesionaron, pues tras la juventud en que las mostraba con exagerada coquetería, fue comprobando que el discurrir de los años y el deterioro que poco a poco esos años sumaban se iban apreciando antes en sus manos que en cualquier otra zona de su cuerpo.

Ni siquiera en los párpados caídos, en las arrugas de la frente, o en la vivacidad con que sus ojos habían mirado lo que había a su alrededor, muy altaneros alguna vez y ya más resignados pero sin oscurecerse.

Las manos eran su obsesión y disgusto.

Fue lo primero que de ella me llamó la atención.

De manera particular el día de la boda de mis tíos, siendo yo un mequetrefe que no tenía la mínima capacidad para fijarme en nada.

Las manos de la novia estaban enfundadas en unos guantes de hilo blanco que no evitaban que la piel se percibiera en ellos, al contrario, hacían destellar los dedos con un brillo nacarado, dejándolos surgir con una temblorosa naturalidad.

Y tuve la sensación de verlos en un sueño en el que uno de los dedos, el más nacarado, se avenía a mostrar un anillo de oro o de cualquier otro metal precioso, cuando los guantes habían desaparecido en la ceremonia.

Cuatro

Lo que más agradecí aquel día en que mi tío Romero me echó de casa y Cirro Cobalto estaba en el portal esperándome, tantos años después del curso en el Caravel donde había aparecido en el patio, fue la idea de Cirro de llevarme a la Pensión Estepa.

La intemperie me mataba vivo y en los tramos por las sucesivas tabernas de la Calle Centenario: Parsifal, Prosodio, Volatines, se me arrugaba el cuerpo y temblaba como una vara verde.

Iba tan ligero de ropa como me había pillado la decisión de mi tío, escaleras abajo, hecho un ovillo que se devana en los peldaños con el enredo mental y la alteración de los nervios que embrolla cualquier pensamiento.

—No te amilanes —me dijo Cirro Cobalto, cuando ya caminábamos Calle Centenario arriba y el aguanieve me salpicaba los bronquios que ya habían comenzado a crujir como escarpias—, no te quedes quieto y con lo puesto. La vida se agarra, no se suelta. El que más y el que menos la tiene a su favor. Otra cosa es que vengan mal dadas. Si lo que vas a hacer es quejarte, allá tú. Hay que espabilar. Son muy importantes las cosas que nos aguardan.

La Pensión Estepa no quedaba muy lejos.

Era un tercero del número veinte de la Calle Diáspora, que hacía chaflán con la Calle Vereda, sin que en ningún caso el Barrio de Amianto tuviese otras fachadas distintas de las de aquellos edificios que parecían alineados con igual arquitectura y decrepitud.

Cirro Cobalto pulsó el botón correspondiente y la puerta se abrió la media hoja que nos permitió entrar de lado, cerrándose a nuestro paso.

El portal tenía la escasa luz que filtraba el mediodía del invierno en la claraboya cenital, y en la atmósfera se respiraba una humedad polvorienta que podía perjudicarme los pulmones con mayor peligro que la intemperie.

—Subes y te instalas —me ordenó Cirro—. Tienes abonada la pensión completa. No eres fijo pero tampoco transeúnte. La habitación la compartes con un viajante de paños que está haciendo la ruta. La dueña se llama Osmana, es turca y de total confianza. Te tendrá preparado un baño de su nacionalidad. También lo que necesites para mudarte y ponerte a punto. Lo que Osmana te diga va a misa, aunque ella es de pocas palabras. Hay otros huéspedes, todos con papeles y de países balcánicos, y dos chicas moscovitas que echan una mano en las labores y con las que lo mejor es que no te relaciones. Ésas no son de fiar, pero tampoco debes echarlas en saco roto. Oído al parche.

Miraba a Cirro Cobalto más sorprendido que atolondrado, aunque todavía no me había quitado el peso de lo que llevaba encima.

Tenía ligeramente subido el ánimo pero estaba igual de confuso y, a la vez, con la sensación de que con aquellas instrucciones iba a quedarme al pairo, como si ya hubiese cumplido con la atención de recogerme y me dejara tirado.

También me resonaban en los oídos las palabras que le había escuchado en el Parsifal, el Prosodio y el Volatines, sin que llegara a descifrarlas en su inmediato significado, como si se tratase de avisos, órdenes o recomendaciones que se ajustaban a nuestra indeterminada relación, ya que nunca llegaría a saber si se trataba de una amistad o de un encuentro inusitado lleno de consecuencias imprevisibles lo que nos unió.

—Comes y duermes un rato —me aconsejó—. Luego te recojo. Me hospedo en el Hotel Celebridades, en la Plaza del Confirmatorio. Es lo que corresponde, qué le voy a hacer. No por la comodidad, por la apariencia. No es lo mismo una vida tirada que una maroma tensa, el público no debe alimentar sospecha. Iremos al grano, no lo dudes. Son previsibles grandes acontecimientos, es la vida que nos corresponde, sin fantasía sería distinta.

Se iba sin más, pero antes de que yo me dispusiera a subir las escaleras, ya que no había ascensor, volvió a asomar en la puerta.

Fue en ese instante, entre la languidez luminosa y la atmósfera húmeda y polvorienta, cuando presentí que se había equivocado de Cantero al abordarme en el patio del Caravel en aquel curso lejano.

Y también al recogerme ahora, en el momento en que mi vida había llegado al mayor fiasco posible, cuando el huérfano ya no era otra cosa que un desgraciado al que habían tenido que echar de casa por su comportamiento inmoral y desagradecido.

El tiempo era muy manso en mi existencia de adolescente huérfano y aquellos primeros meses con mis tíos pasaron con mayor prontitud de la previsible, aunque la mansedumbre hacía lento el desarrollo de las emociones y alargaba los sentimientos que no alcanzaban un fin determinado, se agostaban poco a poco entre la indolencia y la tristeza.

En la casa de mis tíos Romero y Calacita imperaba el silencio. Era poco el trajín doméstico. Venía en días alternos una chica que se ocupaba de las labores del hogar, siempre metódica y sin necesitar instrucciones, casi sin saludar.

Mi tío Romero no comía con frecuencia en casa, invertía unas largas jornadas en el despacho de la Calle Ardenas, cercana al domicilio, y al menos dos veces al mes se ausentaba en algún viaje de negocios.

Mi tía Calacita llevaba una vida de costumbres intermitentes, como si la improvisara de acuerdo a sus ocurrencias y caprichos.

Se levantaba a deshora, se arreglaba con un tedio minucioso. Salía y no volvía hasta media tarde en los días en que mi tío Romero no comía en casa, o se quedaba, ya arreglada y dispuesta, tirada en el sofá del salón, con un libro que se le caía de las manos o algunas revistas que la hacían bostezar.

—Hay cosas que no se saben ni se sienten —me decía juiciosa cuando, después de comer, me quedaba a su lado en el salón, siempre con ganas de irme a mi habitación, donde teóricamente tendría algo que estudiar—, y son ilusiones vanas que no tienen remedio. Las cosas mismas, los sentimientos y las penas, una contrariedad o un sobresalto. Ay, si yo supiera llevarme a mí misma de la mano.

Escucharla siempre me daba apremio.
Jamás llegué a entender con claridad lo que decía o a lo que pudiera referirse.
En las ocasiones en que se quedaba adormecida en el sofá del salón, cuando yo veía la ocasión de irme y lo intentaba con sumo cuidado, era habitual que volviera a hablar, cerrados los ojos, caída una mano, doblada la cabeza.

—No me cabe la menor duda —susurraba entonces, y su voz iba creciendo al tiempo que movía la cabeza, suelta la melena que tenía el brillo azabache que tanto me embelesaba—, y son los sinsabores, también las banalidades. Una ilusión y un deseo que muy mal se avienen. No lo dudo, lo sé de sobra. Ay, si fuera verdad y no me engañara, si lloviese a gusto de todos.

Un día que llegué a casa un poco más tarde de lo habitual y ella, como en tantas ocasiones, no estaba esperándome para comer juntos, ni tenía la comida servida en la cocina para que lo hiciera solo, no le di mayor importancia, hasta que sonó el teléfono y su voz lejana y alterada me estalló en la oreja.

—¿Viste la nota, te hiciste cargo, estás sano?
—No vi nada —dije con los nervios en punta.
—Encima del aparador. Sin tiempo que perder, y que tu tío no se entere por nada del mundo. ¿De veras estás sano?
—Estoy bien —logré articular.
—Cuelga y no te demores. Ay, Dios, qué circunstancia.

No me fue fácil descifrar los renglones garabateados donde se intentaba advertir de algo ininteligible, pero al menos se podía aclarar una dirección: la Calle Rioperlado, número veintisiete, en los bajos.

Me asaltó la duda de llamar a mi tío Romero, más por el miedo y el nerviosismo que por la inquietud de verme metido en algo tan insospechado como abrumador.

La duda me hizo volver a coger y colgar el teléfono y tardar un rato en ponerme el abrigo, todavía con los nervios en punta y la cabeza atolondrada.

—Soy de lo que no se sostiene —recordé la voz llorosa de mi tía Calacita, que una tarde al tumbarse en el sofá se desmoronó hasta el suelo y allí caída sobre la alfombra se me quedó mirando con el brillo de unas lágrimas apuradas, mientras yo no era capaz de ayudarla a levantarse—, de lo que aguanta y cede y no se ofende. Ay, qué calamidad, qué desilusión y desventura. Nada precavida, nada cuidadosa, un cero a la izquierda, y así me van las cosas.

No tenía ni idea de dónde estaba la Calle Rioperlado. Tomé un taxi.

Era en el Barrio de las Excusas, donde Borenes tiene un brazo atrofiado y en la línea de los descampados se divisan las ruinas prerromanas que la basura descompone sin que se quejen los arqueólogos.

El número veintisiete pertenecía a una casa deshabitada que tenía tapiadas las ventanas y los balcones de todos los pisos, y que el taxista miró con desagrado al detenerse, negándose a esperar una vez que le aboné la carrera.

No supe determinar lo que era el bajo de aquel edificio que parecía cerrado a cal y canto.

Pude ver dos puertas desvencijadas y unos ventanales rotos a ras del suelo.

Fue por una de aquellas puertas por la que asomó al cabo de un rato mi tía Calacita, mientras yo apuraba lo que todavía me quedaba de inquietud y temor, una vez que los nervios se me habían enfriado.

—Dios nos asista —gritó mi tía al verme—. ¿No se te habrá ocurrido decir nada a tu tío, no lo habrás llamado? Estoy volada. Qué caro sale, de qué poco vale, qué raro y qué penoso, por la cuenta de lo que te toman y sin restricciones, menuda calamidad.

Vino hacia mí, caminando con dificultad con los zapatos de tacones altos, mientras se repintaba los labios y con el bolso en bandolera.

—Ultrajada, así como suena, amiguito, no hay otro modo de expresarlo —afirmó rotunda, con el aplomo y la indignación con que en contadas ocasiones confesaba sus intimidades—. Ésa es la circunstancia, no hay otra que valga, menudo chasco, qué arrebato y qué menosprecio, cuánta lujuria y qué descaro.

Llegué a echar a perder lo que me quedaba de aquella adolescencia, sobre todo del atolondramiento y las expectativas devotas, cuando ya en el patio del Caravel me las veía con los más osados y en las clases me sumaba a los alborotos y admitía las llamadas al orden con igual displicencia que aceptaba la amenaza de los suspensos.

—Firmes y altaneros para ir al mañana, fuertes ilusiones en la lontananza —cantaba, con el orgullo jocoso de los repetidores, cuando las filas del Caravel entonaban el himno del Colegio y en las fiestas patronales se producían tantos destrozos en el mobiliario y en el material didáctico como fracasos deportivos en las competiciones.

Ni mi tío Romero ni mi tía Calacita tomaban muy en cuenta los resultados escolares y apenas llegaban a reprenderme, estando yo siempre muy atento a escamotear algunas advertencias de mal comportamiento que llegaban de la Jefatura de Estudios, o las propias calificaciones mensuales, cuya firma de recepción no tardé en saber falsificar, o a adecentar las notas con la pericia con que podía reconvertirse un cero en un seis.

—Renqueas —podía decir tan escueto como distraído mi tío Romero, mientras mi tía Calacita sonreía con el afán comprensivo con que intentaba evitar cualquier reconvención— y a la pata la llana no se va a ningún sitio. Hay que sobrepasarse. Y siéntate bien para comer, no seas zurdo.

Fue a partir de aquel día en que mi tía Calacita consideró que la había rescatado, sin que yo lograra entender que hubiese movido un dedo, y sin tener todavía la mínima idea de sus andanzas o distracciones, cuando comencé a notar un cambio en su relación conmigo.

—Cuando me acompañes —empezó a decir, dando por sentado que iba a ir con ella a la Cafetería Temperatura, a los Almacenes del Costo o a las Perfumerías Imperiales de la Calle Temprano— no bajes la cabeza ni te pongas mohíno. El jersey lo cambias por la chaqueta y a la corbata le haces el nudo de nuevo. No quiero verte con esas fachas. No eres el sobrino ni el custodio, tienes que presumir, los hombres gustan con jaque, sea o no sea todo el porte.

No iba a tardar demasiado en ponerme a la altura de aquellos requerimientos y en menos que canta un gallo tenía un pagamiento suficiente para andar del bracete con mi tía, mucho más jacarandosa de lo que en ella era habitual.

Eso contrastaba con mayor incidencia en el aplanamiento de mi tío Romero, hosco y aburrido cuando al llegar del despacho se despatarraba en su sillón y decía que si el mundo no acababa de dar vueltas iba a caerse por la ventanilla.

—No hay quien te aguante —solía afearle mi tía Calacita, que se había acostumbrado a dar portazos cuando se movía por la casa y mi tío Romero advertía que le dolía la cabeza—, y así te las ves y te las deseas. No es que te vayas a caer, es que del suelo no pasas, qué incordio y qué circunstancia, qué poco hombre para tanta mujer, Dios nos asista.

Yo ya era dueño de la malicia que procuran los halagos y las malas intenciones.

El patio del Caravel resultaba el lugar más adecuado para hacer de la edad un desarrollo suficientemente taimado e ir asimilando las picardías que el tiempo aconsejaba.

Atemperados los complejos y vislumbrando la vía de escape que me suponían las propuestas y consejos de mi tía Calacita, hasta que el propio tiempo trajo, no tardando, una inesperada situación que no podría gobernar por completo.

—Mírame y no te arrugues ni te pases de listo —decía ella, encarada al espejo, alzando las manos para mostrarlas con las uñas recién pintadas y un rímel que saturaba sus ojos—. No hagas monerías, no seas gandul.

Había algo en mi tía Calacita que estaba más allá de lo que ella habría querido ser o demostrar.

Algo que podía provenir de su juventud sin haber aflorado en el tiempo correspondiente. Una especie de encanto sometido a la presión que no consintió su desbordamiento, o la espontaneidad que lo hubiese mostrado sin reserva alguna.

No iba a lograr determinarlo y mucho menos expresarlo, pero fuese lo que fuese lastimaba y hacía un tanto penosa su gracia y lo que de belleza restara en aquella prestancia artificiosa.

—Mírame, no seas bobo —me decía, al volverse y extender los brazos desnudos, las uñas pintadas, los ojos que parecían haberse quedado al final de un túnel desde el que nada podrían haber visto en el espejo—. Lo que fui tiene poco que ver con lo que guardo y, sin embargo, aquí me tienes de cuerpo entero. No hay otra orilla, nunca la circunstancia es la misma. Mírame como un hombre debe mirar a una mujer, no seas timorato. Valgo lo que peso, y lo que tengo no voy a desperdiciarlo.

La miraba y la veía en una plenitud llena de recursos imposibles o pasados de moda, pero me hacía gracia verla y ella se sentía satisfecha.

Cinco

A la Pensión Estepa recaló antes que el propio Cirro el viajante de paños que, como me había advertido, iba a compartir la habitación conmigo.

A Cirro no lo volví a ver en muchos días, sin atreverme tampoco a ir a buscarlo al Hotel Celebridades donde me había dicho que se hospedaba.

Estuve bastante tiempo sin salir de la Pensión.

Cirro Cobalto me había proveído de lo necesario para quedar como un guante, listo y mudado y con todas las atenciones de que era capaz la dueña de la Pensión, la adusta Osmana, que, con las dos chicas moscovitas que la ayudaban, y de las que no llegué a saber el nombre, mantenía un trajín laborioso pero sin que nada brillase en un establecimiento de imprecisas habitaciones, largo pasillo circular y vistas a un patio interior.

Osmana era turca, pero en absoluto lo parecía.

Tenía el aspecto de una mujer de cualquier barrio de Borenes y hablaba como ellas, sin el menor acento. Su edad era difícil calcularla. Podía situarse entre una madurez desteñida y el vislumbre de una vejez que se resistía a dar la cara.

En cualquier caso, lo que en ella más llamaba la atención era el gesto adusto y los ademanes que parecían multiplicar su cuerpo, como si al moverse siguiera el ritmo de alguna danza de su país originario. Lo único peculiar de ella es que siempre hablaba en tercera persona, con pocas palabras pero muy indicativas.

—Tiene a Osmana para lo que le haga falta —decía sin levantar la voz—. Será ella quien lo atienda, sólo hay que llamarla pero, por favor, no la distraiga.

A veces al cruzarla por el pasillo se detenía un instante y bajaba la cabeza en lo que parecía un saludo, que no resultaba fácil de entender.

—Osmana va a lo suyo —musitaba—. Ella no se entretiene.

Las chicas moscovitas parecían gemelas, habitualmente no hablaban y, cuando lo hacían, era como si silbaran.

Casi siempre solicitaban silenciosas entrar en la habitación para limpiar y hacer la cama o indicar en la mesa del comedor que la sopa estaba demasiado caliente. Un curioso aviso que solía corresponderse con el rebufo escaldado de alguno de los huéspedes balcánicos que, según me había informado Cirro, tenían todos papeles, tal y como me iba percatando apenas salían de las habitaciones y, cuando lo hacían, todos a la vez, era como si huyeran.

Las chicas moscovitas no eran de fiar, pero tampoco convenía echarlas en saco roto.

Ésa había sido la advertencia que me había hecho Cirro y en el tiempo que estuve en la Pensión Estepa no logré darme cuenta de en qué radicaría la desconfianza, aunque hubo noches algo ilustrativas al despertarme alterado.

En la oscuridad de mi habitación, una y otra noche, sentí que la puerta se abría y, aunque no resultaba fácil distinguir de quién se trataba, pude sospecharlo en el silbido de aquellas voces gemelas, una risa común y resbaladiza y un correteo posterior al cerrarse la puerta.

La verdad es que ni siquiera estuve seguro de tal suceso, ni las moscovitas me dieron la mínima señal para alimentar mi curiosidad y suspicacia, al menos hasta que llegó el viajante de paños, con el que debería compartir la habitación.

—Otra cosa es que Osmana se suelte el pelo —escuché un día en el que la dueña hablaba con las chicas y parecía reprenderlas— o quiera congraciarse y se ponga el turbante y la esclavina. No sois vosotras, es ella. El huésped es el cliente y Osmana la que ordena y manda. Nadie la contradice, menudos humos tiene.

Comencé a intranquilizarme al comprobar que Cirro Cobalto no daba señales de vida, y esa situación se correspondía, sin embargo, con la calma que poco a poco me iba infundiendo aquella suerte de retiro o más bien de refugio en que me hallaba en la Pensión Estepa.

Era una forma de poner tierra por medio con lo que me había sucedido y llegar a pensar que sólo aquella distancia y el estar escondido y sin dar señales podía ser lo adecuado para finalmente zanjar algo que no tenía remedio.

—¿No habrá llamado mi amigo Cirro Cobalto o enviado un aviso? —le pregunté a Osmana, a quien una tarde descubrí en el salón comedor, derrumbada en la mecedora y con un puro en la boca del que salían chispas, mientras las dos moscovitas le lavaban los pies en una palangana.

—Ella no recibe ni avisos ni amonestaciones —me contestó, apartando el puro de la boca y expulsando una voluta de humo—, pero se la puede requerir, por si acaso.

—Me gustaría hacerlo, si fuera posible —dije ya arrepentido de haber preguntado.

—En ese caso, si Osmana se resuelve a darle la razón a un huésped y no prescinde de la cortesía que como hospedera le corresponde —dijo, levantándose con dificultades, mientras las moscovitas le secaban los pies y le dejaba el puro a una de ellas—, vamos a ver si hay o no hay lo que se quiere saber en el casillero.

Osmana se fue del salón comedor con menos seguridad de la acostumbrada, un tanto diluido el gesto adusto y con el cuerpo también menos erguido, pero sin permitir que las moscovitas la ayudasen.

Las moscovitas me miraban menos curiosas que asombradas, y la que tenía el puro de Osmana le dio una calada y en seguida ambas emitieron un silbido que se deslizó entre ellas como una sonrisa hueca o una risa floja.

—Me dice que no hay constancia —anunció Osmana al volver al salón comedor y sentarse en la mecedora—. No puede Osmana llevarlo todo, incluida la contabilidad y la mensajería. Una Pensión no es sólo el pupilaje, ya lo sabemos, ella no se arredra. Turca sí, pero musulmana tampoco. Usted disculpe si sigue con el pediluvio.

La Calle Diáspora hacía chaflán con Vereda y la tarde que salí de la Pensión, aburrido de esperar la llamada de Cirro Cobalto o que diera señales de vida viniendo a buscarme, me acordé de que bajando por Vereda podía llegar a una plazoleta cuyo nombre no retenía pero en la que estaba el establecimiento de los padres de uno de los compañeros del Caravel que se llamaba Tenadio y vivía allí mismo, encima de la charcutería y al lado de otra tienda de comestibles que también era de ellos.

Iba hecho un pincel con lo que Cirro me había proveído, aunque la ropa, excepto la muda, fuese de segunda mano y la chaqueta me quedara un poco holgada.

Los pantalones eran de pinzas, la camisa blanca, y tuve la habilidad de hacerme un buen nudo en la corbata, nada fácil al no contener el temblor de las manos que ya, y sin remedio desde que mi tío me había echado de casa, se hizo esencial, para derivar con el tiempo en párkinson.

La gabardina con cinturón me ajustaba la figura y los zapatos tenían hebillas y brillaban como recién salidos de las manos de un limpiabotas.

No llovía, sólo surgía de cuando en cuando una racha de viento que no llegaba a despeinarme, ya que a Cirro ni siquiera se le había olvidado proveerme de un frasco de brillantina que me asentaba los cuatro pelos y daba vigor a la calva, de la que siempre quise sentirme orgulloso por haberla adquirido en la mili, en el servicio a la patria y en el uso de una loción engañosa.

Tenadio dormitaba en el mostrador de la charcutería, cuyo interior estaba mal iluminado, y desde el escaparate se apreciaba un reflejo de volúmenes variados y alimenticios que formaban lo más parecido a un bosque con los árboles colgados del techo.

Olía a la carne curada, al pimentón y las tripas que exhalaban un perfume añejo de especias y mondongos, y que al abrir la puerta, en la que sonó una campanilla, me depositó en la nariz el aroma chamuscado que el propio Tenadio expandía a su alrededor, lo que en el Caravel le servía para alimentar un aprecio de tendero que sufragaba con los bocadillos y los encurtidos.

—Eres Cantero o no me lo puedo creer —dijo Tenadio, cuando alzó la cabeza del mostrador donde dormitaba, y al abrir los ojos pude vislumbrar las cejas blanqueadas con el ceño fruncido y la mata de pelo caída sobre la frente empolvada de harina.

—Soy el que piensas, te lo creas o no, el mismo que viste y calza —reconocí satisfecho, mientras él salía del mostrador y dudaba en darme la mano o un abrazo.

Hizo lo primero después de limpiarla en el mandilón, y lo segundo tras quitarse el delantal y soplar la harina de la frente.

—Elegante y a verlas venir, vaya facha que gastas —me dijo, encantado—. Las maneras ya se te veían en el Caravel, y eso que eras huérfano.

—¿Y lo tuyo, siendo el rey de la chacina y el porcino sin triquinosis? Menudo industrial aparentabas.

Tenadio me cogió por el cogote.

Recordé sus manazas, el brío con que daba empujones en las filas o escapaba corriendo cuando un profesor intentaba arrearle. También las voces y los insultos en el patio. Las peleas más ruines y algunas burlas que le hacían llorar.

—¿Dónde vives que no se te ve el pelo? —quiso saber, sin soltarme el cogote—. Confiesa, no te escondas. Cuando todos nos la meneábamos, tú te hacías el longuis, siempre arrazado. Jodido Cantero.

—Voy y vengo —informé presumiendo y sin dar otras razones, ya casi arrepentido de haber entrado a saludarle, percibiendo que Tenadio tenía un aliento rancio, sin duda sazonado por el alcohol que ponía en su mirada un brillo vidrioso y hacía pesados sus movimientos—, sin un negocio como el tuyo, pero sin que la pasta falte.

No me soltaba el cogote.

—Eres mundial, sólo hay que verte, cierro y tomamos algo —propuso entusiasmado.

Y cuando apagó las luces, salimos y echó la llave, las propias farolas de la plazuela parpadearon y Tenadio se sujetó en la más cercana, tras llegar a ella tropezando y con el vano intento de seguir agarrándome por el cuello.

Tuve la sensación de que en Borenes no quedaba otro espacio que el de aquella ignota plazuela.

Un lugar remoto al que jamás me hubiera imaginado que podría volver y que, sin embargo, poseía algo de un tiempo que me pertenecía y que hasta podría olfatear con el mismo desagrado de las chacinas y la melopea de un viejo compañero, al que tampoco me resultaba difícil recordar pedorreando por los pasillos del Caravel y simulando, al tiempo, el ruido de una metralleta.

—Vamos al Vosgo —me indicó Tenadio, que ya se disponía a cruzar la plazuela con mayor entereza—. Pueden estar Dato y Silverio, se alegrarán de que hayas vuelto.

—No eran de nuestro curso —observé indeciso y con pocas ganas de acompañarle, todavía con la sobrecarga de aquella sensación que me infundía una extrañeza nada grata.

—No levantan cabeza, pero tienen las mismas intenciones que tenían entonces, si descontamos el accidente que los amputó —me dijo Tenadio, dándose la vuelta y de nuevo intentando cogerme.

—No sabía nada —dije vacilante.

—Ni falta que hace —aseguró—. Iban a cien por hora, reventaron las cuatro ruedas del bólido, pero el negocio de la chatarra de poco les sirvió. Estuvieron muertos y los sacaron vivos de puro milagro con un soplete.

No recordaba muy bien a Dato y a Silverio ni podía imaginármelos amputados, como decía Tenadio, o estrellándose por alguna carretera comarcal donde talaron los árboles para que los accidentes resultaran menos mortales, de parecida manera a como vallaron los recodos del Margo que tenían pozos en la corriente para que no se ahogaran los más temerarios.

Tenadio entró en el Vosgo sin una seña para que le siguiera, y dudé un momento en hacerlo.

No se adivinaban muchos parroquianos, pero crepitaba la gramola con la música rayada.

Fui tras él a la barra y cuando estuve a su lado, poco antes de que se volviera para comprobar que lo había seguido, divisé al otro extremo de la barra a Cirro Cobalto, que me hacía un saludo con la copa en la mano.

—Fue Tenadio el que borró el encerado, a él le tocó hacerlo, estaba en la lista, ya entonces era una calamidad —le dije a Cirro Cobalto cuando estuvo junto a mí, sin otra convicción que la de cumplir su encargo y complacerlo, aunque me estuviese aprovechando de aquel encuentro con un compañero del Caravel e improvisara la noticia.

—Hay otras almas perdidas de aquellos tiempos en este antro —comentó Cirro Cobalto, que al acercarse había evitado tropezar con Tenadio y saludarlo—, y son caras que no se me despintan. Es un mal trago reconocerlos, menuda caterva. La vida no merece la pena si eres como ellos.

—Los que suspendieron ya no levantaron cabeza, como bien puedes imaginarte —dije sin otro ánimo que el de no pasarme de listo y que Cirro se molestara—. Fueron repetidores hasta que se les acabaron las convocatorias, algunos mutilados y otros resentidos.

—Haremos lo que proceda según lo previsto —decidió, dispuesto a irse—. Hay que llevar flores a los cementerios del Consumado y la Plegaria, recordar a los que allí reposan, estuviera o no de acuerdo el claustro del Caravel. Compra tiza, la mecha la pongo yo. A Tenadio lo doy por amortizado, pero no le digas nada. Son los ilusos los que borran y los listillos los que descuentan. Vete con ojo, están previstos grandes acontecimientos. No hay mundos remotos, todos nos conciernen, el periscopio a punto, limpio y pulido. Si es verdad que vivimos, que sea cierto.

Esa noche pillé una curda en la que Tenadio nada tuvo que ver porque en la confusión del Vosgo, que aumentó la parroquia de modo inesperado, apenas pude beber con él y atender sus requerimientos, entre los que prevalecía el vano intento de saludar a Dato y Silverio, los antiguos compañeros del Caravel que estaban amputados y de los que apenas pude averiguar que usaban, en días alternos, las prótesis que les permitían compartir una moderada movilidad.

—Ágiles —dijo Tenadio, que en el frustrado intento de localizarlos en el Vosgo acabó por perderse, y de ese modo se me presentó la oportunidad de poner pies en polvorosa, cuando ya estaba bastante cocido—, ligeros y diestros. Uno aguanta lo que el otro usa, y luego se intercambian. La ortopedia es cara y conviene cuidarla. No se les ve a la deriva, no te creas. Tienen coraje y no se andan con chiquitas.

La curda me devolvió a una irrealidad que no por insana me resultaba benefactora, ya que persistía en mi mente el rebufo de lo que había sucedido y, lo que todavía resultaba peor, el eco de los antecedentes que tan insidiosamente me habían llevado a una postración moral que se correspondía con el hecho de verme echado de casa de mis tíos y arrojado por las escaleras.

—Vil, ingrato, miserable, sinvergüenza —eran algunos de los insultos que mi tío Romero hilvanaba en la cita de los abyectos acontecimientos, al tiempo que me propinaba patadas y empujones y yo perdía, entre el pasillo y las escaleras, lo poco que podía quedar del incauto recuerdo del adolescente acogido y en paños menores—. Ruin, malvado, traidor, vicioso, inmoral, inicuo —remataba, casi ya sin más posibilidades de agravio, alterada la respiración y con un flujo cianótico que apenas le permitió finalmente llamarme felón y pervertido.

Eran contadas las experiencias alcohólicas que podía rememorar, curiosamente algunas de ellas en compañía de mi tía Calacita que, en los prolegómenos de nuestras intimidades, como a ella le gustaba llamar, hacía proposiciones a las que yo accedía con poco conocimiento de causa.

—Piripis —proponía, arrobada y casquivana—, vamos a ponernos piripis. Un espumoso, un anisete, un combinado. Achispados y con la pítima y la castaña, si hace al caso. La tajada o la cogorza, si se nos va la mano. Allá películas y que bailen los más listos. Estamos impolutos, Canterito, me tienes en los brazos y en la mistela.

También con mi amigo Parmeno, en las situaciones más onerosas de nuestras vicisitudes espirituales, no mucho antes de que mi condición de meapilas estuviese desmejorada, nos habíamos visto inducidos a repostar en las vinajeras de las sacristías de las distintas parroquias donde confesábamos y comulgábamos con fruición.

—No es reprensible, ni siquiera moralmente inconveniente —nos disculpaba el padre Capelo, tan comprensivo y animado, que soplaba el vino de misa mezclándolo con aguardiente y nos llenaba las copas, advirtiéndonos del cuidado de que en las vinajeras quedase algún poso consagrado, lo que no podía permitirse.

Fue la pítima de Parmeno un día en el que padeció la regresión de los escrúpulos y un ataque de escorbuto la que nos alertó de los riesgos de la ingesta, tuviese o no tuviese incidencias espirituales y contara o no contara con la anuencia del padre Capelo, que ya por entonces le resultaba sospechoso a Parmeno por la liberalidad con que ejercía su ministerio.

—Nada lo replica, todo lo consiente —decía Parmeno cuando afloraba su pasado de seminarista y le hacía recelar de la bonhomía moral del padre Capelo, que ya en alguna ocasión nos había dado a entender que el onanismo podía llegar a considerarse como un recurso aceptable para corregir los pensamientos escabrosos y dar al organismo una salida natural, siempre que no resultara licenciosa—. Tiene la manga demasiado ancha y, si te fijas, no se afeita la tonsura.

La pítima de Parmeno venía administrada con una insolvencia verdaderamente penosa, como si antes de encontrarnos en el atrio de la Iglesia del Superio, desde donde comenzaríamos la ronda penitencial y comulgatoria, más generosa en los primeros viernes de mcs, hubiese asomado a las tabernas de su recorrido desde casa, y hubiese pimplado todo lo que en las barras y los mostradores solicitara, incluido el recuelo de los vasos consumidos por los cercanos clientes.
Estaba descontrolado.

—El escrúpulo punza la conciencia y desasosiega el ánimo. El escorbuto altera las encías y causa hemorragias espirituales debilitando la voluntad. De esto se trata y no estaría de más que tomaras nota, viéndome como me ves, réprobo y borracho —me repitió lloroso Parmeno, que en la pítima encontraba algo parecido al solaz de sus emociones consiliares, solicitándome también ayuda para seguir libando.

La curda me hizo dar más vueltas de las que en Borenes son necesarias para recogerse o perderse por completo, ya que resultaba como la actualización de otras curdas no menos espesas y perfiladas y con paralelo grado alcohólico.

La noche estaba sesgada.

Pude presentir en algún momento la amenaza de alguien en alguna esquina, Barrio Caldera abajo o en las postrimerías del Exordio y el Patio de Vehemencia, que acumulaban la oscuridad hasta desbaratarla.

Pero nada me importaba que no fuese una reconciliación misericordiosa con mi tío Romero, que proviniese de su comprensión y altura de miras, y que me permitiera seguir de sobrino de mi tía Calacita, de la que jamás podría olvidar las primeras carantoñas y liviandades, siendo ella la maestra y yo un doctrino iluso.

—Mira qué pompis —me decía, alzando desnuda la grupa, sin que yo apenas supiera el calibre de un arma reglamentaria, ya que de aquélla todavía no había hecho la mili—. Míralo sin distraerte y luego me enseñas tu culete. Ay, qué pena que las pudendas no se puedan acicalar.

Seis

De las condiciones en que al fin pude regresar a la Pensión Estepa no soy capaz de ofrecer un resultado, pero sí confirmar lo que en los días siguientes supuso la previsión de Cirro Cobalto sobre los grandes acontecimientos que se avecinaban.

Les debo a las moscovitas, siempre hacendosas y risueñas en las labores del hogar, la ayuda prestada para al día siguiente sacarme de debajo de la cama y contar con la ropa que, tras algún repaso, pude recuperar.

Eso sí, sin mucha idea de que toda la ropa fuera mía o el desarreglo de aquella noche, de la que había perdido cualquier referencia, la hubiese dejado hecha unos zorros, en igual proporción a como me había dejado a mí, sin que la inconsciencia tuviese otra función que la de proporcionar el desperfecto de las prendas, incluidas las interiores.

—Iba Osmana a advertirle que si no se hospeda solo, no tiene derecho de acostarse en lo que no es suyo —me amonestó la turca, sin que yo entendiera lo que quería decirme, interceptado en el pasillo y observando que llevaba el turbante puesto—. La habitación es compartida y el precio el que Osmana cobra por individual o doble. La Pensión Estepa no es el mismo erial de las anatolias y los balcanes, no la confunda, no se llame a engaño. Aquí es Osmana quien manda y administra, sean fijos o transeúntes.

La habitación estaba patas arriba.

Las moscovitas me habían rescatado y ayudado a vestirme, pero de lo que en ella hubiera sucedido no tenía ni idea.

Y de lo que Osmana acabó farfullando tampoco logré sacar nada en limpio, pero lo cierto es que desde aquel día cambiaron las atenciones que de ella recibía, aunque también variaron a mi favor las de las moscovitas, que me seguían tratando con el silbido amistoso de sus voces.

Fue esa misma mañana, menos fría pero no menos desapacible, cuando al asomar a la Calle Diáspora y decidir si continuaba por ella o bajaba de nuevo por Vereda, sin rumbo en ninguno de los dos casos, y con la contrición que me apretaba el ánimo igual que si hubiera perdido lo poco que en la vida pudiera quedarme, vi a un hombre apostado que tenía una colilla en los labios, una gorra visera calada y una gabardina que le llegaba a los pies, y que sujetaba en la mano derecha un maletín de cuero.

Lo último que hubiera pensado es que me esperaba, y lo que más me sorprendió fue que, estando todavía indeciso sobre si seguir por Diáspora o bajar por Vereda, él se me adelantó tomando la decisión que me correspondía, pero sin hacer ninguna indicación ni otro gesto que el de escupir la colilla.

Fui tras él por la Calle Diáspora y sin sentir la mínima inquietud ni contradicción, como si el hombre, más estirado que tieso, que daba largos pasos y movía el maletín al ritmo de ellos, mostrase algo parecido a la sugerencia de una complicidad nada ajena al mando o a la autoridad de quien necesita muy poco para que sus actos semejen órdenes o requerimientos.

Lo seguí por las correderas de Corteza y las pavimentaciones de Capitán Aralla, sorteando algunas esquinas y bordeando los carriles que entre Posiciones y Abadil llevan al centro histórico, que tiene en Borenes una delimitación de lienzos de muralla y arcos de medio punto.

El hombre no me hizo ninguna indicación.

Llegamos a la Espiral, ya en el centro, y entró decidido en las Pañerías Cantalejo, una tienda almacén que mantiene en el comercio textil de la ciudad el prestigio y la impronta de su actividad centenaria.

Desde los amplios escaparates pude observar sin disimulo algo parecido a una operación comercial, desarrollada al pie de los mostradores, en la que el hombre abría el maletín e iba sacando muestras y piezas, retales y prendas menores, que eran evaluadas por quienes lo atendían, al tiempo que él hacía anotaciones en un cuaderno, lo que me confirmó que debía de tratarse de un pedido.

En los escaparates de las Pañerías Cantalejo los tejidos y las prendas, las lanas y los hilos estaban expuestos con una variedad tupida y primorosa que certificaba la condición centenaria del establecimiento.

También la caducidad de las modas y el ceniciento decurso de las temporadas, sin que nadie hubiese variado el contenido de lo que los escaparates, también centenarios, mostraban de urna secular.

Me pareció que al hombre lo echaban con cajas destempladas, una vez que recogió en el maletín lo que había esparcido en el mostrador.

Al salir tropezó en un escalón y a punto estuvo de caer de bruces, lo que me inclinó a intentar echarle una mano, que él ni siquiera percibió, muy al contrario, se rehízo y corrió por la plaza, sin reparar en las muestras que se le caían del maletín, que había cerrado mal.

En las Pañerías Cantalejo había revuelo, aunque no daba la impresión de que los pocos clientes se incomodaran, probablemente sin salir de su estupor por lo que hubiera sucedido.

Entre los dependientes y encargados era patente un rifirrafe impropio de un establecimiento en el que las ventas y transacciones debieran tener un tono de mesura y elegancia, del que las Pañerías no pudieran resentirse.

Era lo que contribuía en Borenes a la cualidad de los tenderos, integrados en una burguesía más comercial que industrial, a la que mi tío Romero llevaba algunos asuntos en su despacho de abogado.

El hombre entró en la Cafetería Adarbe.

El maletín se le había ido de las manos y pude recogerlo antes de que asomaran los dependientes de las Pañerías y cuando ya los escasos clientes se esfumaban pesarosos y alborotados.

No supe hasta tiempo después que las Pañerías Cantalejo habían cerrado por orden gubernativa y que el prestigio centenario se había venido abajo sin solución de continuidad, dejando una mácula imborrable en la limpia ejecutoria del comercio de Borenes.

—Están previstos grandes acontecimientos —me había vaticinado Cirro Cobalto, que aguardaba en el altillo de la Cafetería Adarbe con dos ramos de flores marchitas—. No hay mundo remoto, todos nos conciernen, el periscopio a punto limpio y pulido.

—A Lombardo no te lo pude presentar para que hicieseis migas como es debido, sin equívocos ni trastadas —me dijo Cirro Cobalto, que vestía un terno oscuro, una camisa blanca y una corbata morada, y al que el limpiabotas de la Cafetería Adarbe acababa de sacar brillo a los zapatos, relucientes en el contraste de los también morados calcetines—. Llegas curda sin avisar, cosa que no es de mi incumbencia, hayas o no heredado la alcoholemia de tus antepasados. Pones en guardia a la cancerbera turca. Soliviantas a los balcánicos que, aunque tienen papeles, no tienen asilo. Menos mal que las moscovitas no son de confianza, pero sí hacendosas y sibilinas. ¿Qué te pasa, es que de veras no eres el Cantero que buscaba?

—Estaba ciego —reconocí, sin acabar de enterarme de la tostada— y en unas condiciones mentales y morales que no son de recibo. No puedo quitarme de la cabeza a mi tía Calacita. Tampoco sé si mi tío Romero tuvo el síncope con que me amenazó o se le estranguló la hernia con el esfuerzo de echarme de casa. Bebí para no quedarme solo.

—Pues no bebas para eso. La soledad es un remiendo —dijo Cirro Cobalto con una ponderación desconocida— y una incongruencia. El que está solo está abatido. En la calle está la refriega, en casa las macetas. ¿Es que no te miraste al espejo? Siempre se ve el que mejor se mira, sobrio o con resaca. Descarrilan los trenes, no las personas honradas.

Supe que mi aspecto dejaba mucho que desear sentado al lado de Cirro Cobalto, que además lucía un imperdible de plata en la corbata y estaba pelado a la última moda, con la cabeza como una peonza de colores y brillantinas.

—Lombardo es con quien compartes habitación en la Estepa, ya te advertí que viaja paños, aunque de eso hay mucho que hablar porque los negocios no hacen el mismo recorrido y a veces resultan más engañosos que verdaderos —me dijo Cirro Cobalto, que iba a encender un cigarrillo con un mechero de oro y, antes de hacerlo, me lo ofreció para que fuese yo el que lo hiciera, quitándomelo después con un gesto brusco—. Te metes curda en la cama que no es tuya, alteras el orden del hospedaje. No tienes arrestos o no sabes usar la parsimonia. Hay que templarse. La vida no es sólo un tanto por ciento, es la totalidad en su medida justa, se viajen paños o improcedencias.

Me sentí avergonzado.
Lo que no evitó que por un instante la figura de mi tía Calacita sobrevolara el hecho circunstancial de nuestro arrobo, aquella última intimidad en que mi tío Romero nos había pillado, cuando ya llevábamos tanto tiempo engatusados, sin que en ningún momento se hubiera pronunciado entre nosotros la palabra adulterio.

—Tu tía está controlada, no te apures —me informó Cirro Cobalto—. Ya veremos el modo de que la obcecación no le pase factura. Y si es posible, que puedas partir las diferencias con ella para quitártela de la cabeza. Yo me encargo. Ese grado familiar, aun siendo político o consanguíneo, no es penal. Las malas costumbres ciegan, pero hay hábitos morales y exigencias, aun cuando los sentidos se empecinen.

La obsesión era también fruto de la fatalidad, y sin aquel trago tan imprevisto como inusitado al ser descubiertos en la cama matrimonial era muy probable que todo hubiera discurrido discretamente, de modo que en algún momento fuesen las circunstancias a las que mi tía se refería con frecuencia, sobre todo a raíz de sus desapariciones y cambios de humor, las que hicieran desaparecer también aquellos actos indecentes.

La obsesión iba a fructificar de manera abusiva con la imagen del pompis que ella reclamaba como su mejor atributo, y que yo apenas me atrevía a considerar sin librarme de una actitud avergonzada, lo que mi tía Calacita tomaba como un halago y el resultado de mi candorosa timidez.

—Míralo, no te encojas, no seas cochino —me incitaba, sabiendo que en el temblor de mis párpados había un rubor eléctrico.

Cirro Cobalto me miraba con menos comprensión que suspicacia, nada complaciente con lo que pudiera estarme sucediendo.

Y tan ajeno a lo que no fueran sus teóricos intereses, las decisiones y los mandatos que iba anunciando, sin más aviso que lo que concernía a cada ocasión, como si nada en el mundo tuviera otro sentido que el que impusiera su voluntad.

Una previsión, según iría comprobando cada vez con mayor inconsistencia, de los acontecimientos prometidos, que él promediaba con sus ocurrencias y veleidades, y la sensación de que todo pudiera suceder sin la causa y el efecto de las cosas reales, algo que jamás dejaba de ser novelesco y, en el fondo, imposible de entender, o sólo posible como una ficción.

—De Lombardo nada más te digo —me indicó, poco antes de que el propio Lombardo subiera al altillo, con la gorra visera en la mano, dejando al aire un pelo rojizo y aplastado por el que podía haber pasado una locomotora—. Si pillas otra curda y vuelves a meterte en su cama por equivocación, no garantizo tu integridad. Es un hombre parco y resolutivo y ni siquiera la tuberculosis pudo con él. Al bacilo se lo comió entero. Así son las cosas. Cada cual se atiene a lo suyo. No vamos a consentir que tu tía te siga comiendo el coco, habría que destetarte y Lombardo sabe cómo.

Siete

En el Cementerio del Consumado estaban enterrados don Tulio y la señorita Camelia, profesor de matemáticas el primero y de ciencias naturales la segunda, ambos entre quienes ejercían mayor autoridad en el Caravel cuando Cirro Cobalto hizo sus estudios como el alumno más valorado, y curiosamente sus tumbas estaban casi una al lado de la otra, como si la convivencia que hubieran tenido en el claustro persistiera en el más allá.

Lombardo llevaba los ramos de flores marchitas de las que Cirro nos había proveído y durante la carrera del taxi hasta el arribo a los desmontes del propio Consumado, en el norte de Borenes, nadie habló, ni tampoco yo sabía a ciencia cierta a lo que íbamos, observando por el rabillo a uno y otro mientras que ellos, a ambos lados, miraban absortos por las ventanillas.

Cirro Cobalto se bajó con nosotros del taxi en la explanada del Cementerio, le dijo al taxista que nos esperara y nos acompañó hasta la entrada, donde se detuvo y encendió un cigarrillo.

—Por el cuartel de la izquierda y muy al fondo —dijo sin mirarnos y con la voz tomada—, una de mármol y la otra de piedra viva. Los nombres y las fechas y en los dos casos unas fotos de recordatorio en las cruces. No tienen pérdida. Dejáis las flores y os quedáis quietos un momento. El creyente reza y encomienda. El agnóstico guarda respeto. El ateo muestra al menos educación. Es cosa vuestra, yo corro con el gasto.

No tardamos en encontrar las tumbas de don Tulio y la señorita Camelia y obedecimos a Cirro Cobalto dejando un ramo de flores marchitas en cada una y, al pie de las tumbas, permanecimos en silencio, sin que Lombardo impidiera un ruido en las tripas que ya, desde aquella situación, volvería a escucharle en los momentos menos oportunos durante todo el tiempo en que estuvimos juntos.

—No me cuesta nada pedirte disculpas por lo de anoche —se me ocurrió decirle, cuando ya regresábamos, una vez cumplido el encargo y algo cariacontecidos entre la atmósfera fúnebre que en el Consumado humedecía las tumbas—, pero es que la úlcera me jugó una mala pasada.

—Si la cuidas —dijo Lombardo, impávido y sin mirarme— es mejor que si la olvidas, pero en cualquier caso, sea de estómago o de duodeno, conviene tratarla o no cometer excesos.

—De duodeno —dije sin pensarlo y con muy poco conocimiento de lo que era una úlcera.

—No hay disculpa que valga, eso debes tenerlo en cuenta por si otra vez se te encabrita la úlcera o pierdes el respeto —dijo Lombardo muy serio—. Duermo poco, duermo mal, tengo el sueño liviano y muchos gases. Conmigo no te hagas el estrecho ni el valiente. Cirro da las órdenes y yo jamás discuto las operaciones. Si te pasas de listo, te atienes a las consecuencias. No hay uno que valga más que otro, y sin embargo casi nadie vale más de lo que cree.

El taxi merodeó por los Urdiales y las riberas del Margo, y aunque la mañana estaba fría se iba abriendo un sol que brillaba en las ventanillas, cada vez con mayor reincidencia según bajábamos al sur de la Plegaria, el otro Cementerio donde en Borenes entierran a los muertos de menos solvencia o mayor necesidad, más desolado y lejano en ese extremo.

Cirro Cobalto hablaba sin la mínima intención de que lo escucháramos, como si lo que decía fuese una rememoración o un recuento de las cosas que a él le interesara repasar.

También del reconocimiento a quienes con mando en el Caravel lo hubieran valorado y consentido, si es que esa evidencia le había complacido o creía que era un merecimiento que no tenía vuelta de hoja.

—No hay que interceder ni tampoco dejarse llevar sin echar el cuarto a espadas —decía, apoyada la cabeza en el respaldo del asiento y sin moverla para comprobar que Lombardo y yo estábamos a su lado, disimulando al mirar por las ventanillas lo que las veredas de los Urdiales mostraban de la tierra quemada del invierno o los pájaros que bajaban perseguidos por las riberas del Margo—, y si en el claustro no lo tenían claro, no les quedó más remedio que hacerse a la idea y plegarse a lo convenido. No se asusta el que da el brazo a torcer ni se sube a la parra el que no tiene opción. Los que entraron por el aro tuvieron las cosas claras. No me arredro, ni tengo que amenazar en vano. Fui a lo mío. Necesitaba el mejor expediente para luego sacar la licenciatura. La Enseñanza Media hay que enmendarla, no hay fin sin principio. ¿Vais cómodos o no tenéis las ideas claras...?

La tumba de don Centeno estaba en la esquina de un lateral del Cementerio de la Plegaria y nos fue más difícil llegar a ella, aunque Cirro Cobalto nos dio una buena orientación antes de, como en la explanada del Consumado, quedarse esperándonos fumando un cigarrillo.

—No hay flores para el carcunda —nos dijo con el gesto contrariado, que parecía imitar el que siempre mantenía don Centeno en la tarima de la clase, ojo avizor para la amenaza disciplinaria y una mueca agria para certificar cualquier falta u ofrecimiento de suspenso—. Hay la misma inquina que demostró y ninguna piedad. Me subió la nota hasta que ya no pudo resistir la sofocación. Lo puse de rodillas y con los brazos en cruz, no admitía otra alternativa. Lo mataba el orgullo y la absoluta falta de conocimientos gramaticales y ortográficos. Una tilde era para él un rayo láser. Ponéis un montón de ladrillos en la lápida, pero no hace falta que orinéis en ella.

Cirro Cobalto subió al taxi y, cuando nosotros íbamos a hacerlo, cerró la puerta y le dijo al taxista que arrancara.

—Se me hace tarde —informó asomando por la ventanilla—. Los acontecimientos se desencadenan. Las prisas no son buenas pero hay que llegar a punto cuando está en juego el porvenir de tantas cosas. Lo mejor es hacer ejercicio para mantenerse en forma. Os veo en la Basilea al anochecer, y tú, Cantero, no te olvides de las tizas. La mecha corre de mi cuenta.

También fueron otros los días más desolados del adolescente que llevaba varios meses en la casa de sus tíos y, aunque ya estaba a punto de espabilar y en el Caravel me iba haciendo con la situación, sin que todavía hubieran cesado las mofas y los incordios de los condiscípulos, persistían los sentimientos de lo que en mi vida siempre marcaría el lastre de la orfandad.

Un vacío de perdición y el extravío que ni siquiera con los años dejaría de parecerse a la afrenta que contraen los castigos o al resquemor de las desgracias, cuando todo parece propicio para que sobrevengan, y en la cabeza del adolescente se concentran los pensamientos que las aventuran y los correctivos que se imponen sin merecerlos.

Siempre que podía permanecía escondido en mi habitación.

La cuenta desolada de aquellos días acentuaba mi timidez en el trato con mis tíos, incrementaba mi reserva, y hasta hacía posible una idea, acaso injusta, de que ellos también se despegaban tras los excesos de las demostraciones cariñosas hacia el sobrino acogido que, en los primeros tiempos, se ganaba sin ningún esfuerzo una plaza del hijo que no tenían y al que casi ni sabían cómo tratar, excedidos en los halagos y los obsequios.

Mi tía Calacita llamaba con frecuencia a la puerta de mi habitación.

Lo hacía con la levedad de los nudillos y la voz almibarada de un requerimiento o el ofrecimiento de lo más impensable, como si mi distancia estuviese derivando en una ausencia que la llenaba de preocupación.

Poco a poco la situación se distendió, ya que el adolescente desolado parecía esforzarse por responder a las solicitudes y corresponder a los afectos de manera más expresiva.

Era como si el ánimo contrito volviera a desperezarse y a marcar una cierta equivalencia con la propia soledad de mi tía, en la que ya desde hacía tiempo había apreciado la desazón que la aislaba, el vacío conyugal que tanto llegaría a afectarle y a poner en riesgo su existencia.

Fue en el decurso de esos otros días desolados cuando comenzaron a producirse los hechos que irían transformando la rutina abatida de aquella orfandad.

Una rutina que ya contrastaba con la vida que el adolescente hacía por su cuenta fuera de casa, siendo uno más en el patio del Caravel y en las primeras líneas de los alborotadores y menos aplicados, sin asomar mucho la gaita pero dejando claras las intenciones.

Mi tía Calacita me pidió que la acompañara una tarde, en uno de aquellos días en que mi tío Romero estaba de viaje.

No me dijo adónde íbamos ni me indicó que me arreglara y peinase, no hacía falta otra cosa que ponerme el abrigo, aunque no dejaba de ser curioso el contraste con que ella apareció, tras más tiempo del debido en el aseo y casi sin mirarme al verme aguardándola en el recibidor, muy repintada, vestida de punta en blanco y hasta con el sombrero que apenas se ponía algún festivo.

Cogimos un taxi.

Dio una dirección de la que no me percaté.

Siguió sin decirme ni adónde íbamos y mucho menos a qué, pero pensé que no se trataba de alguna compra o visita de cumplido. Tampoco era muy apreciable la vida social de mi tía, que siempre se quejaba del muermo de su marido y que no parecía necesitar de su compañía.

Llegamos al Barrio de Argiles y el taxi dobló por la Calle de Palermo hasta alcanzar el número treinta y cuatro.

Mi tía abonó la carrera y me hizo salir.

Era el portal de una de esas casas que en Borenes sostienen con cierto empaque la decadencia de una antigüedad necesitada de las rehabilitaciones que no se hicieron.

—Me esperas aquí, sin moverte —me ordenó mi tía Calacita muy taxativa, al tiempo que sacaba del bolso el minúsculo espejo donde se miraba continuamente cuando creía que nadie la veía—, y al primer aviso, o si notas algo raro, subes al segundo derecha y tocas el timbre sin quitar el dedo, aunque lo retuerzas.

Me quedé a verlas venir, tan preocupado como curioso pero sin tiempo para reaccionar, mientras ella se perdía por el portal con el andar decidido con que en muchas ocasiones cruzaba la calle sin atender a los coches que le pitaban o a los ciclistas que se estrellaban para evitarla.

En el tiempo en que estuve paseando por la acera y asomando medroso al portal nada se me pudo ocurrir de lo que ella se traía entre manos, ya que serían muchas las veces en que me llevó de acompañante, siempre con alguna encomienda inexplicada, nunca anticipando las razones o justificando los resultados.

—No te azares —solía decirme, y lo repitió en las ocasiones parecidas en que sus requerimientos resultaban tan inesperados y comprometidos— ni hagas elucubraciones. Un pensamiento vano es tan inadecuado como inútil. Ya harás el cálculo necesario cuando la vida lo requiera. Mírame otra vez y dime si me ves pimpante, que de ti me fío más que de nadie. ¿Me queda mejor el pelo oxigenado o las mechas y las extensiones?

Otro día en que disimulaba cabizbajo ante la insistente vigilancia de mi tía Calacita, percibiendo el ajetreo con que ella entraba y salía de la habitación y el aseo, maquillada y vuelta a peinar con el cabello suelto o una cola de caballo, sonó el teléfono con un estrépito que parecía provenir de la ansiedad de una llamada que estaba a punto de hacerla estallar los nervios.

Había logrado encerrarme en mi habitación, sin que ella hubiese dejado de abrir y cerrar la puerta para acentuar la vigilancia y comprobar el susto que me provocaba cada vez que lo hacía, como si también precisara de mi alteración o de alguna extraña sospecha que acaso ni ella misma pudiera aclarar.

Sonó el timbre del teléfono tantas veces y tan ruidosamente que ya, sin bajar la cabeza y simular el gesto retraído con que me defendía en el vano intento de pasar desapercibido, asomé al salón y vi, sin que mi tía se percatara, cómo se mantenía temblorosa al pie del aparato, sin decidirse a cogerlo.

—Siete, ocho, nueve y diez... —dijo a punto de estallar, haciendo la contabilidad de las llamadas y quedando seca cuando el timbre del teléfono enmudeció.

Me escondí debajo de la cama, sin la menor conciencia de lo que hacía, y tuve la miedosa sensación de que una gran amenaza se cernía sobre aquel domicilio de acogida, en el que un huérfano no las podía tener todas consigo, por mucho que lo avalaran los familiares más querenciosos y el recuerdo benigno de los progenitores fallecidos imantara su estado.

—Sal pitando —me ordenó mi tía histérica, entrando en la habitación, con los gestos descompuestos de quien no atina a apurar lo que pide, descabalada por la urgencia y el desgarro—. Ni te pares ni te detengas, ya me oyes.

Asomé debajo de la cama como un gusano asustado y la vi dar unos pasos inciertos a uno y otro lado de la habitación, no sé si extrañada al no encontrarme o confusa por la idea de que hubiera desaparecido.

—Vamos, vamos, ni mires ni te distraigas —me ordenó, cuando ya me había incorporado y ella me empujaba, sacándome de la habitación, trastabillando, y llevándome por el pasillo para que me fuera del piso—. Pitando, pitando, no me sofoques.

Estaba en el rellano, semivestido y descalzo, con el desconcierto de quien además de no reaccionar tiene embotada la mente y una excesiva sensación de verse más que semivestido, desnudo.

Subía el ascensor y supe que iba a detenerse en nuestro piso y que el alboroto de mi tía se relacionaba con la llegada de alguien, y que era imprescindible que yo desapareciera, ya que mi presencia resultaba incompatible con los planes de mi tía o el lío que se trajese entre manos.

Bajé con rapidez y cuidado, con los pies fríos, el corazón alterado y lo que poco a poco crecería como una conmoción, que en el ánimo del huérfano haría prever los sucesos que en la vida no son compatibles con la normalidad y la rutina de la misma.

Sucesos que en un huérfano no suponen otra cosa que la sorpresa y la turbación, si a la orfandad sumamos ese hilo tan frágil que va de la infancia afectuosa a la adolescencia de acogida, donde el hilo se tensa y en el laberinto de las emociones la edad se siente más confusa que difusa, débil y desabrigada, con la palpitación medrosa ante lo que pueda acaecer alrededor.

—Con más luces, Cantero —me dijo en más de una ocasión Cirro Cobalto, cuando sin venir a cuento daba un consejo o expresaba un pensamiento espontáneo—. Mejor te hubiera ido si no te reprimieras tanto ni marearas la perdiz.

—No voy por libre —decía yo, inexperto y apocado, sin perderle de vista ni recelar de que se me acercara para amenazarme con una colleja—, y si me enredo con cualquier cosa es porque me faltan voluntad y altura de miras.

—La compasión es para con los demás —opinaba Cirro, que con frecuencia alzaba el dedo índice de la mano derecha para ilustrar una advertencia y llevárselo a la nariz—. La lástima para con uno mismo. Sentimientos en ambos casos peligrosos, no recomendables. Más luces, Cantero. Enciende la bombilla y no la apagues. Hay que abreviar, ir al grano. Coraje. Lo que viene lo impone.

Todavía fue en otra ocasión, también sin venir a cuento, cuando Cirro me recomendó que olvidara lo que menos gracia me hiciera de un pasado que no me serviría para otra cosa que llenarme de culpas y resquemores, como si todo lo que me hubiese sucedido me inclinara a reforzar mi condición de pusilánime, siendo la altura de miras una pretensión tan artificiosa como fatua.

—No tienes que fallar de esa manera —me decía Cirro, no sé si compasivo ante mi lástima— y de nada va a servirte que eches cuentas de lo que te ocurrió. Unos progenitores que pasaron a mejor vida. Unos tíos que para ellos te quisieron como hijo único. No es una bicoca, pero tampoco la mala estrella del desahuciado.

Vagué como un huido por los alrededores del barrio, muy pegado a las aceras, avergonzado de las pintas que llevaba, descalzo, con los pies helados y sin otra idea que la de dejar que pasara el tiempo hasta que me decidiera a volver a casa, lo que me resultaba imprevisible.

No iba a ser la única ocasión en que me encontrase en situaciones parecidas a las que ya he contado o, al menos, derivadas de lo que a mi tía Calacita se le ocurriese.

Siempre con alguna trama que difícilmente podía deslindar de un suceso inusitado, una encomienda improbable, el curso de algún acontecimiento rodeado de misteriosas complicaciones y, en todo caso, de un riesgo inminente del que ella se prevalecía, sin que nunca me desvelara el contenido.

—Te callas la boca —me recomendaba, tan peripuesta y ordenancista, tras haberme incitado a darle mi opinión sobre el acicalamiento o pedirme ayuda para enderezar la costura de las medias— y te haces el bobo, que así estás más guapo.

Y fue tras una de aquellas situaciones, no sé si la más fantasiosa o enrevesada, cuando el adolescente, que tenía las defensas muy bajas y estaba falto de recursos para evitar verse pillado, sintió que lo que se avecinaba estaba muy relacionado con la reserva de su timidez y lo que mi tía Calacita hubiese urdido o acaso improvisado como otra de sus ocurrencias o probabilidades.

Comencé a sentir miedo cuando presentía que iba a llamarme para decirme algo, sabiendo que no iba a ser para afearme cualquier cosa o confesar el desaliento de alguna última ilusión incumplida.

—Así se caen los palos del sombrajo —me dijo entonces Cirro Cobalto, que no se interesaba en recabar mis intimidades pero accedía a constatar lo que en la vida sobreviene cuando no queda más remedio, como si en los interiores de cada persona hubiese un punto no menos impreciso que delicado, tan particular como un secreto deseo que muchas veces se suscita al salir del sueño—, y así se quiebra la edad de los menos espabilados o de los ilusos que la estaban cumpliendo. No te hagas reproches. Hay que salir a la pista. La vida tiene la música de cualquier pieza que se pueda bailar. En la pista manda el amo.

Ocho

Cirro Cobalto no compareció en la Basilea al anochecer como había prometido cuando nos dejó plantados en la explanada de la Plegaria.

Y cuando Lombardo, que cabeceaba mohíno con la copa de coñac a punto de derramársele en la chaqueta, dio un respingo y se puso de pie, yo tenía un resquemor en la úlcera y la sensación de que todo bailaba en los alrededores de una existencia desbaratada que no acababa de gobernar, y que jamás podría hacerlo, si en mi entendimiento lo único que llegaba a presentir era el extravío y la contradicción de mis suposiciones.

—Vamos a lo nuestro —dijo Lombardo tras aprovechar lo que le quedaba de la copa, ponerse la gabardina y calarse la gorra visera que, cuando la ajustaba mal, dejaba asomar un mechón de pelo amarillento—. Sal sin hacer distingos, no mires a la barra ni al camarero, yo lo haré por la puerta de servicio. Las consumiciones van a cuenta de la casa y la propina la ahorramos.

—¿No convendría que nos acercáramos al Celebridades para ver si Cirro se olvidó de la cita? —se me ocurrió preguntar.

—Las citas las carga el diablo —dijo Lombardo, torciendo el morro—, y lo mejor para no arriesgarse es no cumplirlas. Lo que Cirro se trae entre manos es de mucha envergadura. Lo que hacemos nosotros sólo sirve para disimular y darle coartada. No sé, por otra parte, si tienes o no tienes capricho por una de las moscovitas. Es mejor que no receles conmigo. Lo de la cama jamás te lo perdonaré. Ellas no son de confianza pero duermen como vinieron al mundo en alguna alquería de Petrogrado.

No quise contestarle, no me pareció oportuno.
No venían a cuento las moscovitas ni tenía la mínima apetencia por volver a la Pensión Estepa para que Osmana me leyese la cartilla.

—Ellas silban cuando hablan pero no son sibilinas —masculló Lombardo yendo hacia la puerta de servicio, con la miserable decisión de no abonar las consumiciones—, y en la desconfianza también hay grados. Tú mismo dejas mucho que desear. Te espero en la esquina.

La noche caía prematura sin que todavía se encendieran las farolas que en Borenes siempre semejan teas a punto de consumirse, y Lombardo no se conformó con aguardarme en la esquina, donde por unos instantes me sentí menos solo que abandonado.
Había echado a caminar por la acera de la Calle Denuesto con la clara intención de ir a su bola, y cuando intenté alcanzarlo, apresuró el paso.
Eso me hizo dudar de si íbamos a algún sitio y quería que lo acompañase o lo que intentaba era perderse y olvidarse de mí. Igual que de adolescente había hecho en muchas ocasiones, cuando al verme privado del rumbo mental que me permitía volver a casa estaba dispuesto a dar la vuelta o quedarme a verlas venir en la siguiente esquina.

Lo alcancé en la Avenida del Solsticio, ya muy cerca de las verjas del patio del Caravel, que en la noche prematura apenas delimitaba su mole al fondo del patio como un navío anclado en el puerto para el desguace que no acababa de producirse, lo que iba proporcionando al viejo edificio un desgaste casi tan propio del deterioro como del derrumbe.

—Si compraste las tizas que te ordenó Cirro, ya sabes lo que tenemos que hacer —me dijo Lombardo, que escupía una colilla y adelantaba la mano para que le proporcionara algunas de las tizas que yo traía en el bolsillo de la chaqueta y de las que casi me había olvidado—. Entramos por detrás, por la puerta del personal, pero no me sigas, la dejo abierta.

—No la recuerdo bien —quise justificarme, ya que no tenía la idea exacta de la escaramuza—, ni tampoco recuerdo lo que Cirro dijo, si hay que hacerlo.

Lombardo me miró contrariado, a punto de cogerme por las solapas de la chaqueta, y volvió a mascullar algo que comprometía de forma extravagante no sólo a las moscovitas, también a los balcánicos, de los que todavía no estaba al tanto de sus cometidos.

Fue eso lo que me hizo pensar en el desorden de su cabeza o en el desliz con que se aglomeraban sus ideas, algo de lo que todavía no contaba con las pruebas suficientes, pero que no tardaría en corroborar, sobre todo cuando en algunas situaciones inesperadas y peligrosas el comportamiento de Lombardo semejaba el de los sonámbulos que no se alteran ni perciben el precipicio.

—Te encargas de las aulas de arriba —me ordenó, sin el menor atisbo de aclaración—. Yo hago el resto, y si cuando acabes cerraron la puerta, te escondes y esperas a que la abran por la mañana. Sales y esquivas, no hay contemplaciones. La acción es tan simple que parece imaginaria.

Lombardo desapareció sin dejarme rechistar, con una tiza entre los dedos y la vaga sensación de que los corredores y pasillos del Caravel estarían vacíos y desolados en su ruina, aunque tampoco tenía noticia cierta de si el Colegio conservaba algún uso en las zonas que todavía lo permitieran, lo que me parecía muy dudoso.

La puerta trasera estaba abierta, tal como Lombardo me prometió, y tardé un buen rato en decidirme a entrar.

Caminé por la acera de aquella callecita cuyo nombre no recordaba, por la que llegaban los profesores para acceder a la sala de reuniones y a las aulas.

Y me acordé de haber acompañado en una ocasión a Cirro Cobalto al jardincillo vecino, ambos apostados tras la arboleda y aguardando la llegada de don Centeno, a quien Cirro ya había disparado más de una vez con una pistola de perdigones que me dejó en el pupitre cuando se fue, no sé si como un obsequio o un recuerdo comprometido.

No tuve muchas dificultades para llegar a las aulas del piso de arriba que, por las condiciones en que se hallaban, era claro su desuso, aunque todavía no alcanzaban el deterioro de un total abandono, ya que los pupitres seguían en el orden en que se hubieran usado, y en pie las tarimas y mesas de los profesores.

Las recorrí una a una.

Los sombríos interiores mantenían una luz lunar, que se colaba tamizada por los sucios cristales de las ventanas, y en una de ellas llegué a reconocer el vacío que hubiera dejado el pupitre en que en alguna ocasión me senté, ya que sólo quedaban los pupitres desajustados, aquellos que probablemente llevaban tiempo sin servir para nada, ni siquiera para atizar la caldera de la calefacción.

—¿Qué se te ocurrió? —me preguntaría Cirro Cobalto cuando al cabo de unos días vino a sacarme de la Pensión Estepa, donde los acontecimientos menos previsibles me tenían confinado, con algunos balcánicos haciendo una guardia disimulada por las escaleras, los rellanos y el portal del edificio.

Recordé haber llegado al aula que habíamos compartido tantos años atrás, cuando Cirro apareció en el patio del Caravel y quiso saber si yo era el Cantero que buscaba.

Se trataba de una de las aulas más deterioradas, y el encerado se mantenía en el frente de la misma sin otra alteración que la suciedad acumulada, en la que los restos del polvo y la tiza fraguaban unos secos lamparones sobre la pizarra.

—No se me ocurría otra cosa que lo que tú escribiste en el encerado aquella mañana. Lo que borró Tenadio, si es que es verdad que fue él quien lo borró: «Llegó Cirro, el tiempo escampa» —le dije confuso.

—No era eso —me recriminó Cirro, que me había sacado de la Pensión Estepa, cuando ya Osmana se disponía a echarme, probablemente no de modo muy distinto a como lo había hecho mi tío Romero de su casa—. No tienes ni la menor idea, no lo pillas. Pensé que te valías mejor por ti mismo, otro aviso, otra ocurrencia en consonancia. Hay que tener la imaginación viva, igual que cuando lees una novela.

Cirro Cobalto se iba, como en él era habitual, y no hacía nada por disimular su enfado, mientras uno de los

119

balcánicos parecía decidido a seguirle, y ya desde aquel momento podría corroborar que todos ellos, por riguroso turno, le hacían de guardaespaldas.

—Lombardo estuvo imaginativo y certero —me dijo Cirro, volviéndose antes de acelerar el paso—. Le preguntas y que te ilustre. Es mi lugarteniente, no lo olvides, y le gustan las novelas y las películas más que el alpiste.

Nueve

La situación me dejaba más huérfano de lo que hubiera previsto, entendiendo ahora por orfandad el verme en la estacada, con tres balcánicos apostados a la puerta del edificio de la Pensión Estepa y sin nada que hacer, como si ya no tuviese carrete y los acontecimientos vaticinados por Cirro Cobalto se hubieran esfumado.

Algo me impelió a volver a la Cafetería Basilea que, aunque con el riesgo de evitar el pago de las consumiciones, me seguía pareciendo uno de los centros de operaciones que Cirro reiteraba, acaso por la cercanía con el Hotel Celebridades, del que en aquel momento no sabía que se había ido, con la cuenta pendiente y un altercado en la Gerencia que dejó contusos al recepcionista y a dos botones.

Lombardo no estaba en la Basilea pero no tardó en llegar y, al verme en el recodo que me resguardaba del ventanal y alejaba de la barra, se acercó rápido y solapado, con otra gabardina de distinto color que la habitual y la gorra visera calada hacia un lado pero sin que el mechón amarillento le sobresaliese.

—De la Estepa no me digas nada —me advirtió al sentarse a mi lado, vigilante y somero—. Arreglaremos cuentas con Osmana y las moscovitas. No me agrada que haya tenido que sacarte Cirro, aunque la verdad es que tenía que pasarse para saldar cuentas con los balcánicos. Le salen caros. Yo apuesto por otras nacionalidades, pero ellos le petan. Hay que saber guardarse y más si se lleva una vida airada.

Sujétate los machos. No tiembles. Coraje. Ésas son las consignas. ¿El café lo quieres con leche o prefieres un carajillo?

Me pareció que Lombardo venía tranquilo, lo que no era cierto del todo, por lo que no tardando pude percatarme.

No supe si traía instrucciones concretas, llamadas al orden o explicaciones necesarias. Nada que yo pudiera compaginar con los sucesos que me tenían desconcertado o, al menos, expectante.

El camarero que nos atendió le dijo a Lombardo que si íbamos a irnos sin pagar las consumiciones, era mejor que saliéramos juntos y sin disimulos, ya que al dueño no le gustaba que el personal tuviera que avergonzarse al presentir las escaramuzas que hacían peligrar el prestigio de la Cafetería y habían causado algunos altercados muy mal vistos por la clientela habitual.

—No hay razón para esta advertencia —respondió Lombardo con soberbia—, y si el dueño quiere que se le abonen las consumiciones que se ponga a la cola y consulte con la jefatura, si es que tiene la conciencia tranquila.

El camarero nos sirvió y se fue con el rabo entre las piernas. Lombardo se había quitado la gorra visera y golpeaba con ella la mesa, haciendo temblar las consumiciones, y ésa fue la ocasión en que me fijé en su calva altisonante, como recién esmaltada y con el borde del mechón amarillento de nuevo caído hacia un lado.

—Ayer en el Caravel no se me ocurrió nada nuevo para poner en el encerado —comenté sin muchas ganas— y Cirro me dijo que te preguntase, que tú siempre acertabas y eras veraz. Supongo que es la razón de que te tenga de lugarteniente.

—«Volvió Cirro, escampó de nuevo» es lo que puse —afirmó Lombardo, mientras se encajaba la gorra visera en la cabeza con dificultad—. Una ocurrencia como otra cualquiera, pero que era la que Cirro quería. Tengo empleo y cargo a su costa, no autoridad. Jamás fuimos amigos. Nos guardamos las distancias, pero estoy a su servicio.

—No sé lo que pasó con la mecha —pregunté sin mucho interés—. Dijo que la llevaba él, aunque no sé lo que quería.

—Encenderla —me informó Lombardo, escueto—. Como saliste por pies no podías enterarte. Había un explosivo en los retretes. La mecha se mojó porque alguien tuvo que mear. Ya recibirás más instrucciones, si viene al caso. Cirro no estaba para trotes y, además, es muy caprichoso. Quien pregunta más de lo debido es quien menos se entera de la tostada, y nada sabe quien no tiene razón alguna. Voy con prisa.

Lombardo me dejó solo.

El camarero regresó con las mismas consumiciones y cuando yo, con la actitud incauta del que se siente en un aprieto, hice el gesto de pagar, metiendo la mano en el bolsillo, me indicó que no lo hiciera y me dijo que por Dios, por lo que más quisiese, no lo intentara, que ni iba a permitírmelo ni podía consentir que el dueño le echase otro chorreo.

No tenía clara la idea de que Lombardo al dejarme solo me hubiera dicho que lo esperara o que me fuese por mi cuenta a donde me diera la gana, y ninguna de las dos suposiciones me tranquilizaba.

Salí de la Basilea una hora más tarde, alterada la úlcera por el exceso de cafés, con la cabeza alta y recibiendo los plácemes del camarero que nos había atendido y de otros dos que tras la barra lo secundaban.

En la placita del Bergante había un sol esquilmado, lo que en Borenes semeja en ocasiones una luz muy escueta que mantiene, sin embargo, un rayo dorado que la esparce con la precisión de una varita mágica.

Algo que no gusta demasiado a los vecinos de una ciudad que agradece más los oscureceres que los amaneceres y se pone de espaldas cuando la enfocan.

No tardé en volver a ver a Lombardo, justo en la esquina de Pasamanerías y, cuando ya me acercaba a él con menos intención que agrado, se dio la vuelta y me pareció que me indicaba con la mano que lo siguiese, lo que dudé en hacer.

—Llega Denís —dijo tajante, cuando lo alcancé y di unos pasos a su lado por la acera de Cifuentes—. Tiene instrucciones y está vigilada. O te apuras o te cortas y de nuevo te quedas en la estacada. No parece que sea tu mejor día. Ella no se hace esperar. Es peligrosa, no le vale cualquier película ni novela que se le caiga de las manos.

No creo haber estado tan extraviado o tan fuera de mí como pudiera parecer, aunque reconozco que aquella noche, cuando salí escopeteado del Caravel, anduve de nuevo bebiendo más de lo debido.

No encontraba otra forma de sujetar los nervios, y estoy seguro de no haber llegado curda a la Pensión Estepa y que ésa fuera la causa del desaguisado en que me vi metido, durmiendo en la habitación de las moscovitas y sin que mostraran conmigo la mínima desconfianza, pero así fue.

Salí del Caravel como alma que lleva el diablo, después de repetir en el encerado del aula lo único que se me ocurrió, sin entender por completo lo que Cirro Cobalto se había propuesto y sin que Lombardo me aguardase.

A eso debo añadir la angustia que comencé a sentir al verme solo en los corredores de aquella ruina y lo que pudiera recordar con sobresalto y disgusto, incapaz de hacerme a la idea de que perteneciera a mi pasado.

Si hago un repaso de lo que el Caravel supuso en mi vida en aquellos años en los que el adolescente arribó a la primera juventud, apenas puedo quedarme con la impostada petulancia con que intentaba redimirme de la baja autoestima que nunca pude quitarme de encima.

No llegué a la Pensión Estepa ni en el mejor momento ni por el mejor conducto, si en la orientación de las calles podía pesar el desconcierto de lo que sucediera en el Caravel y las copas que retrasaban mi regreso, en lo que al conducto se refiere.

Y en cuanto al momento casi no soy capaz de ordenar lo que pudo tener visos de trifulca, a la que asistí sin previo aviso, o lo que producía una virulenta reacción de Osmana, que corría dando voces de uno a otro lado, escoba en ristre.

Iba repartiendo mandobles y farfullando en una lengua que podía ser turca o de su propia invención, a no ser que se tratara de un dialecto kurdo o balcánico, si era verdad lo que finalmente no se pudo corroborar: los lazos familiares que con ella tenían aquellos huéspedes balcánicos, todos con los papeles en regla.

Estuve dudoso entre dar unos pasos para llegar a mi habitación, que compartía con Lombardo y había sido causa del enfado que jamás superó mientras Cirro mandaba, o irme por donde había venido, sin entrometerme en lo que estaba sucediendo y que no llegaría a entender.

No tuve tiempo de tomar ninguna decisión.

Había demasiada confusión y alboroto y la Pensión Estepa estaba patas arriba, sin que llegase a distinguir la identidad completa de los huéspedes entrometidos, no todos balcánicos como pude vislumbrar, pero sí perseguidos por Osmana en su totalidad.

Con caídas en los pasillos, portazos, lamentos e imprecaciones, en lo que no dejaba de ser una reyerta indescifrable, si las razones de la misma jamás serían aclaradas y yo podría sentirme perjudicado por meter la nariz donde nadie me llamó, según pude sonsacar a las moscovitas.

Fueron ellas, las moscovitas, las que me libraron del apuro, cuando el perjuicio a que me veía abocado ya estaba dando sus frutos, pues recibía una cantidad parecida de golpes y empujones y algunos puñetazos.

Lo que me hizo pensar por un instante, con la cabeza dándome vueltas, que lo poco o mucho que hubiera bebido desde la huida del Caravel se revolvía en ella, con esa incoherencia con que en algunas ocasiones se revuelven los pensamientos atravesados, las malas ideas que conforman la intransigencia.

Las moscovitas me metieron en su habitación y cerraron con llave por dentro.

Alguien aporreaba la puerta, probablemente quien también quisiera refugiarse, huir de la contienda, ya que los golpes en la puerta venían acompañados de voces que equilibraban las imprecaciones con las súplicas.

Para cuando el estruendo que ponía patas arriba la Pensión Estepa se hubo calmado, con la reminiscencia de lo que parecían estertores de las últimas escaramuzas, el silencio en la habitación de las moscovitas tenía parecido espesor a la oscuridad y apenas una línea luminosa en las contraventanas.

Fue eso lo que me permitió adivinarlas a mi costado, una y otra reposando en mi pecho sus cabezas de pelo corto teñido por el fucsia que lo coloreaba, siempre de forma sorprendente en ellas, lo que pudiera considerarse una mentalidad misteriosa, si era cierto que como moscovitas provenían de la capital rusa o se emboscaban en una identidad fraudulenta que alimentaba la desconfianza y, al tiempo, las hacía tan sibilinas y silenciosas.

Ellas tenían en su desnudez lo que a mí me sobraba al rehuir desvestirme y quedar a su vera, entre las sábanas y bajo la colcha que emulaba, según llegué a saber, la antigua enseña de la Moscovia zarista, un tanto azorado al comienzo y más relajado según la noche iba discurriendo, una vez que cesaron los ruidos y quedó finalmente como acicate de una batalla inocua la voz quejumbrosa de Osmana, el grito resentido de la que nunca volvería a gobernar una Pensión honorable.

Cirro Cobalto me sacó de la habitación de las moscovitas cuando ya era media mañana y, tras la debacle, nadie parecía asomar la gaita para no sentirse concernido en el campo de batalla en que había quedado la Pensión Estepa.

Las moscovitas seguían dormidas a mi costado, desnudas y sibilinas, como dos amebas que al guardarme entre ellas se hubieran desentendido y desaparecieran del pifostio que tampoco parecía concernirlas o, al menos, no venirles a cuento, si el destino laboral que tenían en la Pensión nada tuviera que ver con las operaciones y trapisondas que en ella se llevaran a cabo.

—Ellas son chicas que Osmana retribuye —le había oído decir a Osmana, muy prevalecida de su condición de patrona y presumiendo de las relaciones laborales de quienes podían ser algo más que empleadas del hogar—, y sin necesidad de estar asiladas, están establecidas. Son chicas que corren a cuenta de Osmana, incluidos los gastos. Osmana las provee, es mujer sensata y justiciera.

Salí de la habitación de las moscovitas a medio vestir, sin que Cirro Cobalto me dijera nada, ni siquiera indicar que lo siguiese.

Acabé de vestirme por el pasillo, sin enterarme todavía de la presencia emboscada de algún balcánico, a quien Cirro pudo acercarse para decirle algo, y tampoco tuve mucha conciencia de que algunos otros participantes en la reyerta asomaran no menos emboscados.

Pero sí en todo momento la sensación de un peligro que se cernía en la amenaza de la intransigencia turca o en el imperativo kurdo que, cuando menos lo esperara, volvería a retumbar, como así fue.

Osmana tenía los pelos de punta y una bata desabrochada que dejaba ver un camisón morado en el que se marcaban las bragas negras que, con el descuido habitual, yo mismo había retirado del pasillo muchas veces, teniendo que escuchar para mayor inri su desagradecimiento.

—Son de Osmana las bragas de Osmana —decía con indignación y resquemor— y si las gasta es que las lleva puestas, no igual que otros con los calzoncillos. Osmana las compró en las anatolias.

Había llegado a la puerta de la Pensión, ya vestido y calzado, y fue allí mismo donde Osmana me alcanzó de esa guisa e hizo el intento de sacarme a empujones y tirarme por la escalera como pudo haber hecho mi tío Romero, sin que en ninguno de los dos casos la acción fuese culminada.

Había tres balcánicos apostados en el portal y las inmediaciones, sin que Cirro Cobalto asomara por ninguna parte.

Yo le estaba agradecido por el rescate y conservaba en la cabeza algunas sensaciones que, cuando pude hablar con él, en una de las ocasiones en que me requería y yo daba el brazo a torcer para contarle lo que sólo a él me era posible, me sobrepasaba el pudor, conturbado pero complacido entre lo más secreto de las emociones del adolescente, y lo menos explícito de un regodeo que aunaba mis juveniles sentimientos y deseos.

—Tocaste pelo —me dijo Cirro Cobalto sin que yo le entendiera, con un gesto más pícaro que sardónico y la complicidad de una revelación que le satisfacía—. Pelo del pubis, barbián, pelo glorioso.

—No lo sé —negué cohibido, con esa estúpida alteración de a quien pillan en falta—, no me acuerdo...

—Tu tía, las moscovitas, lo que tenías en la cabeza cuando te la pelabas y de lo que pudiste percatarte cuando felizmente llegó la ocasión —me dijo Cirro Cobalto, que me daba una colleja y volvía a repetirme, ahora como una broma que nunca terminaría, que si era o no era el Cantero que buscaba, que ya tenía edad más que suficiente para palpar lo que cobija la vida donde, sin distinción de género, todos tenemos algo que hacer.

El adolescente tuvo en la yema de los dedos el rubor de una ensoñación que no fue capaz de olvidar, que siempre quiso recuperar como fuera, sin que las admoniciones y controversias de su amigo Parmeno sirvieran de nada y la condición de meapilas, que el amigo auspiciaba, no diese otro resultado que el de mandarlo a la porra, dejarle con sus escrúpulos y escoriaciones morales y mentales.

Mi tía Calacita me había hecho un hombre, aunque Cirro Cobalto no lo expresaba así.

Era más resabiado y alegórico al evaluar lo que el huérfano había encontrado donde menos lo esperaba, remarcando lo que el apego de los afectos y las solicitaciones puede significar para el alivio de los deseos más necesarios y contumaces: las ensoñaciones, los rubores, las intenciones tan secretas como impredecibles.

No era Cirro Cobalto alguien capaz de expresarse con claridad las pocas veces que se ponía estupendo, pero en alguna de ellas tocaba las teclas ocultas de lo que sin dejar de ser más metafórico que real podía comprenderse aunque no se entendiera.

—Tu tía Calacita es un ave del paraíso, lo sepa o no lo sepa —me dijo un día Cirro Cobalto—, y no le queda más remedio que volar y mostrar las plumas de colores.

—Mira qué pompis —le decía mi tía Calacita al adolescente conturbado, arqueándose complacida ante el espejo del armario de su habitación.

El adolescente lo miraba con recato, cada vez más complacido que avergonzado, y nunca pude resistirme a pensar que el pompis de mi tía Calacita no era otra cosa que un atributo de su generosidad y afecto, el volumen maravilloso de una encarnación que, si Cirro Cobalto tenía razón, pertenecía al ave del paraíso o a la deidad carnal que representaba.

La primera vez que Lombardo me anunció que llegaba Denís, al reencontrarlo en la esquina de Pasamanerías y seguirlo por la acera de Cifuentes, no tuve la menor idea de a lo que se refería, ni lo que podía suponer que la tal Denís, como me dijo, tuviera instrucciones, estuviese vigilada y no se hiciera esperar.

No volví a saber nada del asunto hasta que días más tarde el propio Lombardo volvió a repetirme lo mismo pero sin más requerimientos, como algo que teníamos pendiente y no acababa de aclararse.

Todavía no me había acostumbrado al modo de expresarse y comportarse de Lombardo, aunque ya eran bastantes las ocasiones en que pude sospechar de algo que superaba un carácter taimado y recovecoso.

Se trataba más bien, en lo que ya había podido apreciar al conocerlo, de una conducta llena de resonancias desconfiadas y recelosas, propias de alguien que tenía un pasado que convenía ocultar o que él mismo evitaba, como quien siempre anda a la defensiva, más escamado que presuroso, igual que un bicho del bosque que jamás pierde la prevención de su instinto y nunca deja de precaverse.

—Viene Denís y no se hace esperar —me dijo por tercera vez otra de las tardes en que nos vimos en la Basilea, donde los encuentros siempre parecían casualidades, y lo más notable era la variedad de gorras de visera y gabardinas con que Lombardo cambiaba el atuendo, no ya por razones de coquetería o gusto en el vestuario, como llegué a saber, sino como atributo de su condición de lugarteniente y la necesidad del camuflaje en el cumplimiento de las órdenes que pudiera recibir, estando la ropa siempre usada, nunca por estrenar—, ya lo sabes, esté o no esté ella al tanto. Tiene instrucciones y llega vigilada, ni por asomo te hagas el remolón. Es peligrosa.

Como no tenía ningún sitio adonde ir, y no me quedaba más remedio que hacer de tripas corazón, hubiera pasado lo que hubiera pasado y sin llegar a pensar que Osmana no fuera, a fin de cuentas, la patrona profesional del ramo establecido, volví a la Pensión Estepa como el huésped que tiene pagado el hospedaje, sin otra factura que la pendiente de la quincena en curso.

—A Osmana no le importa que entre y salga, ni que avise o se haga de rogar —me dijo Osmana, cuando crucé el salón intentando pasar desapercibido y con la naturalidad que muestra quien piensa que no ha pasado nada o que lo que hubiese sucedido no es considerable—, pero la habitación compartida ya no es la misma, tiene otros huéspedes, y el que puede se las arregla por sí mismo. A Osmana no se la engaña, ella es indisoluble.

No saqué ninguna conclusión de aquella advertencia y me quedé en vilo, aunque ya sospechaba que Lombardo había abandonado la Pensión sin decirme nada, y sin que jamás me perdonase el desorden de aquella noche en que me metí en su cama.

Cuando comprobé que la puerta de la habitación estaba cerrada con llave, supe que mi hospedaje estaba rescindido en esa pieza y me quedé en suspenso, pero con la clara intención de volver a donde las moscovitas me habían acogido, y con la esperanza de que también ellas hubieran rescatado lo que con mucha exageración podría considerar como mi equipaje.

—A lo suyo —dijo Osmana, que en la mecedora del salón parecía acunar un sueño que se le negaba— y sin los alborotos y las perrerías que Osmana no tiene por qué aguantar, si hay falta de respeto y el huésped no se atiene.

Las moscovitas no estaban en aquel momento en la Pensión o, al menos, no las vi por ninguna parte, pero fui a su habitación y me quedé satisfecho al comprobar que las cuatro cosas que me pertenecían estaban recogidas en el armario.

La cama hecha y un orden y una limpieza que me hicieron imaginar lo que de verdad me aguardaba, ya que ellas no me habían acogido en vano aquella penosa noche, sino con la intención de establecer una complicidad que, aunque todavía no la adivinaba, daría sus frutos y sería otro aliciente en la espera de los acontecimientos que Cirro Cobalto prometía y que ya estaban tardando en producirse.

—Llega Denís —volvió a decirme una vez más Lombardo, como si el mensaje necesitara de la repetición para que yo tomase nota de él sin salir de mi perplejidad—. Tiene instrucciones y está vigilada. Ella no se hace esperar. La cinematografía la alimenta, las novelas la subyugan, parece imaginaria por guapa, no te asustes. No todos los seres son pueriles, se trate de la vida o la quimera.

Diez

Jamás había subido en un coche como aquél, casi ni sabía que existieran, a no ser por haberlos visto en alguna película de las que en el Cine Paladio causaban sensación, ya que las plateas se revolucionaban con paralela velocidad a los autos siderales o a los bólidos que salían de los hangares con el mismo vértigo que los aviones.

Solían hacerlo con frecuencia para una carrera cronometrada en la competición entre tierra y aire, también frecuentemente llena de accidentes mortales y sin batir ninguno de los récords en juego.

Era un deportivo rojo, esmaltado, con unas aletas largas y combadas, unas ruedas de cubiertas anchas y un salpicadero a juego con los asientos de cuero repujado, en el que las agujas de los relojes y marcadores tenían la punta de un brillante que indicaba con igual prontitud la velocidad que la hora o el gasto del combustible y la reserva.

No sé cómo pude acomodarme, tampoco tomar la decisión atendiendo a lo que ni parecía una orden, ni siquiera una indicación para subirme casi en marcha, ya que el coche viraba veloz hacia la esquina del Longevo donde yo aguardaba, al pie de una farola, y ante el chirrido de los neumáticos a punto estuve de salir pitando, asustado por el riesgo del atropello.

—Esquina del Longevo, trece dieciséis, al pie de la farola y con la gabardina en el brazo a modo de contraseña —escuché en la llamada que Cirro Cobalto me hizo a la Pensión Estepa, donde estaba echando un tute con las moscovitas que, ya tras unos días de convivencia, me habían adoptado como el pupilo cariñoso, al que atendían sin apenas decir nada—. Lo que Lombardo te indicó —remató Cirro Cobalto al teléfono— al pie de la letra. Sin parar en mientes. Vigilante y contumaz. La acción no ofrece contrapartida.

Era un dos plazas, con turbo o lo que precisase un auto de tan alta gama en el que, sin darme cuenta, me vi transportado a un más allá que incitaba a un despegue y la sensación de cobrar tanta velocidad como altura.

Las calles y avenidas de Borenes dejaron de ser las que conocía o reconocía para reconvertirse en una suerte de estelas que iban fundiéndose, desaparecidas bajo el trueno de un motor de infinitas revoluciones y unos tubos de escape que rompían la barrera del sonido.

Tardé un rato en mirar retraído a la conductora, muy centrada en el manejo del vehículo, aferradas las enguantadas manos al volante, que me pareció demasiado pequeño para aquella máquina tan potente, y sin que me diera la menor seña de acompañamiento ni saludo, mostrando en su concentración la agilidad con las marchas y los mandos, lo que acepté como un mero menosprecio a lo que su acompañante pudiera significar.

—Ella tiene instrucciones y está vigilada —recordé una vez más las palabras de Lombardo a las que no encontraba el sentido que me sacase de la incertidumbre—, y no te vayas a hacer el remolón. A lo tuyo y a lo consabido. La acción es lo menos parecido al pensamiento, no te embobes ni seas ruin.

Tampoco me percataba de la carretera por la que íbamos, si al norte de los Urdiales, donde el Castro Astur tenía las ruinas en la altura del puerto, o al sur de las barrancas del Calvero, por donde el Margo huía evitando algunos afluentes de las torrenteras que traían un barro espeso con el silicio de las arcillas.

Llovía y se acentuaba la cortina de agua y niebla, sin que en ningún momento cediese la velocidad del coche, que apenas me permitió, envarado en mi asiento y con el cinturón de seguridad cruzado sobre el pecho casi haciéndome daño en las curvas, volver a mirar a la conductora.

Nada saqué en limpio, ni de su rostro, cabellos o probable figura, lo que me hizo pensar, no sin temor, que estaba en las manos de alguien que no tenía unas señas de identidad razonables y que no podía saberse de dónde venía ni adónde iría yo a su lado, se tratase o no de un asunto cinematográfico.

Y sin que me valieran las indicaciones de Cirro y de Lombardo, más allá del hecho de que la tal Denís, si así se llamaba, nada tuviera que ver conmigo o me dejase tirado en cualquier revuelta, echándome del coche como el extraño que la acompañaba.

No era Denís nada de lo que con el tiempo pudiera figurarme.

Ni la chica alborotada de la que jamás pude saber a ciencia cierta lo que hacía o pensaba, siempre tan sorpresiva como sorprendente, igual de melosa que despreciativa.

Ni la mujer malévola que en los vaticinios de Cirro Cobalto resultaba mucho menos de fiar que lo que él hubiera achacado a las moscovitas, y que en sus apariciones y ausencias siempre dejaba la aureola de una inquietud o una sospecha.

También dejaba la sugestión con que sus desapariciones y regresos realimentaban cualquier acción en marcha y los acontecimientos que Cirro Cobalto tanto encarecía para el inmediato futuro prometido.

Fue en el alto del Cenegal, ya con la niebla y la lluvia agrietando lo que el oscurecer anticipaba, cuando la experta conductora dio un bandazo al salir de la última curva y clavó el coche en la pequeña explanada que afrontaba el precipicio.

Desde allí ya no quedaba otro asomo de orientación que el de una profundidad llena de resonancias abismales, como si el alto tuviera en su latitud ese contraste de un fondo sumergido que daba miedo mirar.

Salió del coche, se quitó los guantes, cerró la puerta y se acercó a corroborar el vacío del que habíamos quedado a pocos metros.

Lo hizo sin reparar en absoluto en el acompañante que no sabía qué hacer, e intentaba desabrochar sin mucha pericia el cinturón de seguridad, alertado por aquella situación que rebasaba cualquier pronóstico.

Volvió al coche todavía sin decir nada.

Se puso otra vez los guantes, manipuló la marcha hasta dejarla en punto muerto. Me pareció que quitaba el freno y hacía una última comprobación para que todo quedara a su gusto.

Antes de volver a salir, cogió algo de la guantera y un abrigo y un maletín que estaban en la parte de atrás, sin que todavía yo hubiera logrado librarme del cinturón de seguridad.

—No te hagas el remolón —me dijo con voz tan imperativa como burlona—. Tienes que echarme una mano. Si no nos damos prisa no hay remedio. Haya o no haya moros en la costa.

Salí del coche con notable dificultad y un punto lumbar, no sé si fruto de la mala postura o de los nervios.

Cerré la puerta como ella había hecho con la suya y la seguí a la parte trasera del coche.

—Vamos a empujar al tiempo, y no seas manazas —me advirtió otra vez imperativa y jocosa, sin que todavía lograra enterarme del asunto—. Lo dejamos caer, pero no te vayas a ir detrás de él como un bobo.

Empujamos. Ella con mayor fuerza que yo, apuñalado por el pinzamiento lumbar.

El coche se movió y en seguida se deslizó con nuestra fuerza y no tardando, cuando ella me acució para incrementarla, se fue por el precipicio como si ganase una velocidad inesperada al caer al vacío.

Me temblaban las manos pero el pinzamiento había desaparecido, seguro que sobrepasado por los nervios.

Ella miraba hacia el precipicio, donde el estruendo del coche en la caída tenía el eco de un resquebrajamiento que estallaba en la oquedad de la niebla.

Asintió satisfecha pero sin mirarme, ajustándose el abrigo y recogiendo el maletín del suelo.

—¿Eres el Cantero que buscaba Cobalto —me preguntó, todavía sin mirarme— o ni siquiera sabes de qué pie cojea?

La primera vez que Denís vino conmigo al Cine Paladio, cuando ya había aparecido y desaparecido en varias ocasiones y me había atrevido, en una de ellas, a preguntarle a Lombardo qué se traía entre manos, echaban una película en la que unos jóvenes amantes despeñaban el coche robado en el que huían y no mucho después, cuando los tenían acorralados, se tiraban al abismo abrazados y besándose.

—No te entrometas —me aconsejó Lombardo, a quien seguía viendo del modo más inopinado en la Basilea, con parecidas variaciones en la vestimenta y algún que otro encargo de poca monta— y no quieras sacar las cosas de quicio. Denís vuela alto y es muy difícil verla constipada o en ropa interior. Ella tiene la cabeza en su sitio. No te expongas.

Fue Denís, que se hospedaba en el Hotel Vístula, cuando todavía no había vuelto a saber nada de ella, la que me llamó a las tantas, una noche en que las moscovitas se habían enojado conmigo porque llegaba algunos días un poco curda y se negaban a que durmiéramos juntos.

La llamada me pilló casi al pie del teléfono, en un momento en que venía del cuarto de baño, ya menos achispado de lo que las moscovitas pudieran dirimir e intentando evitar que Osmana asomara en su alcoba, ya que las veces que me había descubierto en parecido trance se subía a la parra, cada vez con menos condescendencias y obligándome a entrar.

—Le dice Osmana que don Cirro no aguanta trastornos ni quejas de las que Osmana lo pone al tanto —me increpaba con el dedo índice en la nariz y el camisón pisándole los talones— y que no es de recibo verlo a usted de tal manera en una casa en la que se guardan las formas, siendo Osmana quien es. Da parte Osmana y don Cirro suspende la cuenta, así se las tendrá usted que ver, si no se comporta. En Ankara era Osmana miembro policial.

El Hotel Vístula era el más elegante después del Hotel Celebridades en el que se había alojado Cirro Cobalto hasta irse de él por piernas y no dejar ninguna indicación de su nuevo alojamiento, ya que seguía siendo él quien siempre nos localizaba cuando quería hacerlo, sin que ni Lombardo ni yo mostráramos otra necesidad que la de mantenernos a sus órdenes.

—Nunca hagas preguntas vanas —me decía Lombardo, cuando a mí se me subía la curiosidad a los labios en alguna ocasional circunstancia y como si no viniera a cuento— y deja de rascarte cuando escuchas instrucciones. Ahora el tiempo quema y mañana se apagó el incendio. No hay que cuestionarlo. Lo fugaz acaba antes que lo interminable, paciencia y barajar. Hay futuros que parecen fruslerías. No hay quien no sea lo que es, en su mera circunstancia y condición.

Llegué a la Calle Capitán Gavela con la cercana madrugada en las sienes urbanas, donde Borenes anticipaba un resplandor de invierno canoso, lo que significaba que el firmamento se mantendría menos hosco que envejecido.
Ésa era una ocurrencia climatológica que me gustaba añadir a las ideas que el tiempo me sugería, casi con la misma intencionalidad de los partes meteorológicos en la emisora local y en la prensa vespertina.

—Hay visos de ventorrera al Oeste y un Este provincial menos apático —se podía leer o escuchar a los meteorólogos de turno—, lo que no es óbice ni valladar ni cortapisa para que escampe o se cierre, según convenga a las barométricas. Se aconseja no abrir los paraguas antes de mediodía, las varillas corren riesgo.

A Denís no pude encontrarla a la primera de cambio, ya que ni estaba en su habitación, según me dijo el Conserje que dormitaba en la Recepción, tras comprobar que la llave de la misma seguía en su casillero y a ella ni la había visto ni oído, ni aparecía por el vestíbulo ni los alrededores, siendo Capitán Gavela una calle más ancha que larga.

Llegué sofocado.

No era la primera vez que un aviso de Denís me reclamaba con urgencia, casi siempre para transmitirme algo de lo que no acababa de enterarme.

En unas ocasiones con la euforia de una necesidad que rayaba en la histeria, y en otras con la moral por el suelo y el ánimo desgarbado de quien se expresa con dificultades.

—Vamos, vamos, ni mires ni te rasques. Súbete las solapas, echa pie a tierra, no te azores ni distingas. Estamos en lo mejor del acontecimiento, venimos a por todas —podía indicarme en las primeras de esas ocasiones.

—Ay que no me valgo, ay que no me tengo, ay que se me doblan las piernas y se me caen las medias, ráscate pero no me mires que me pongo más nerviosa —podía decirme en las segundas de esas ocasiones.

Estaba cada vez más despistado y hasta comenzaba a sentir cierto cabreo por la falta de seriedad de la llamada de Denís, a una hora tan intempestiva y teniendo como había tenido que afrontar el enojo de las moscovitas y aguantar la perorata de Osmana y sus caprichos.

De pronto un taxi paró al pie de la acera del Vístula y con el frenazo y el susto sentí que había salido de la Pensión sin mudarme, y apenas me percaté de que la puerta del taxi se abría y alguien me echaba la zarpa para meterme dentro, sin que el vehículo me diera un respiro y pudiese salir pitando.

—El maletín —inquirió Denís, alterada, con el pelo revuelto, el maquillaje trasnochado y embutida en una gabardina que dejaba asomar un camisón y las medias caídas en los pies descalzos—. ¿Lo tienes a mano, lo guardaste en su sitio, está a salvo?

La idea de los dos jóvenes huidos que se tiraban al vacío en la película que habíamos visto la primera vez que Denís vino conmigo al Cine Paladio, tras despeñar el coche y cuando la policía los rodeaba y ellos se abrazaban y besaban al lanzarse al abismo, me había hecho pensar en su momento lo que en seguida volvería a parecerme: un disparate que no por tal dejaba de aturdirme y embelesarme.

No sabía lo que Denís me reclamaba, no me acordaba del maletín que ella sacó del coche antes de que lo empujáramos para despeñarlo.

Aquella noche en los Urdiales hubo un desprendimiento de tierra que cortó la carretera y dejó incomunicadas a las aldeas del alto, en las que los cuatro vecinos que subsistían en el invierno se quedaban tan panchos, ya hechos a la idea de que el abandono era suficiente razón para que el olvido no pudiera lastimarlos, y al saberse aislados se sintieran beneficiados y hasta jubilosos.

El despeñamiento del vehículo de la película y de los protagonistas de la misma me hizo pensar, tras aquella primera sesión acompañado de Denís en el Cine Paladio, que ella y yo podíamos aspirar a algo parecido a lo que acabábamos de ver.

Una suerte común de amor despeñado, tras la vaga sensación de que el deportivo donde la conocí y que ayudé a tirar por el precipicio tendría su correspondiente seguro y la documentación en regla.

—Eran jóvenes y con toda la vida por delante —le comenté apenado a Denís cuando al salir del Cine contemplamos el cartel de la película y ella hizo un gesto de desidia y resignación—, pero igual cayeron de pie o el coche no se averió del todo y pudieron seguir huyendo.

—Dos tórtolos —sentenció Denís, ya con el gesto virado hacia la intemperancia, que en ella era tan habitual como contraste con la templanza o el buen humor— echados a perder por igual carril. Pazguatos o malintencionados. Mejor les hubiera ido en la delincuencia común.

No tenía ni idea de lo que hubiera sido del dichoso maletín, casi ni recordaba las penalidades con que había regresado a Borenes, dos o tres días más tarde de aquella escapada, hecho una piltrafa y abandonado por Denís sin la menor explicación.

Lo que sí recordaba era la mojadura que me había llevado a las puertas de la pulmonía.

Un estado que alarmó a las moscovitas, de tal manera que decidieron sacarme de su habitación y meterme, sin que Osmana se percatara, en el cuarto de los trastos, donde habilitaron un jergón y me proporcionaron una bacinilla, sin recatarse en advertirme amedrentadas del riesgo de contagio.

—No se le escapan a Osmana los moscones —farfullaba Osmana para que las moscovitas se dieran por enteradas, aunque la desconfianza que ellas despertaban les servía para no hacerle caso—, y si el huésped tiene décimas a la sanidad compete, si la enfermería no basta. No quiere Osmana infecciones, no se curan las pupas. Herida estuvo en Esmirna, vaya a saber la contienda, le sobra y basta.

El taxi hizo un recorrido tan veloz como azaroso.

La madrugada tenía un fulgor macilento, que en los extrarradios de Borenes cuajaba sobre la nieve seca.

En las curvas y en las circunvalaciones, lejos y cerca a la vez de los grumos urbanos, el vehículo tomaba mayor velocidad y hacía las suficientes cabriolas para que Denís se me viniera encima o yo cayera sobre ella.

—No sé nada del maletín —volví a repetir, ya anonadado y con el mismo temblor escurridizo de aquellos días que tardé en regresar a Borenes desde el alto de los Urdiales, donde Denís me había dejado con dos palmos de narices—. Te lo llevaste tú y sólo Lombardo me dijo en una ocasión que si alguien preguntaba me hiciese el longuis, sin que ni siquiera supiese a lo que se refería.

—Lombardo —masculló Denís, agitada—, siempre Lombardo, un ave rara, un pájaro de cuenta. Las malas compañías pueden llevarte a los peores precipicios. Las películas sólo valen para el entretenimiento, no hay comparación. Aquellos tórtolos no estaban compinchados con nadie, eran ilusos y además, si te diste cuenta, hermanos mellizos, no hermanos corsos como aclaró la policía.

—De eso no me enteré —confesé algo aturdido—. La cinta no estaba en las mejores condiciones. En el Paladio he visto algunas de vaqueros que acababan en la Arabia de los desiertos, con odaliscas y tonadilleras.

Denís pidió al conductor que volviera por Espigales, el barrio de Borenes que habíamos rebasado hacía un rato, y fue cuando me percaté de que el taxi no estaba haciendo una carrera convencional.

Eso fue lo que me hizo suponer que tal vez se trataba de un taxi camuflado, y tuve la comprobación al reconocer al conductor que volvía la cabeza asintiendo a lo que Denís le ordenaba, antes de dar otro volantazo que nos hizo caer de nuevo uno sobre el otro.

Era el más altivo de los balcánicos, el que tenía una anilla en la nariz y otra en la oreja derecha que había perdido en la gresca de la Pensión Estepa, ambas arrancadas probablemente a mordiscos y no repuestas, ya que nariz y oreja mostraban las huellas laceradas y daban a su rostro una grima asimétrica.

—Vete y que no vuelva a verte —me dijo Denís con un cabreo monumental, cuando al llegar a Espigales ordenó detener el coche, abrió la puerta y me empujó para que saliera—. Me quemas la sangre, te juro que me la quemas, ya puedes espabilar. O no vales o no entiendes.

Volvía a llover.

Espigales estaba escurrido, con las casas pingando y un vacío en las esquinas que casi daba miedo.

Fue el frío y otra vez la mojadura lo que atornilló mi entendimiento pero pude llegar a pensar, con un reflejo aterido, que desde la adolescencia el azar guiaba no ya mis pasos sino el avatar de las incidencias y los reclamos.

Nada que ver con una suerte desnortada o un porvenir torcido, algo mucho peor por el grado de inconsecuencia con que sucedían las cosas.

Once

La última vez que estuve con Denís en el Cine Paladio, fue ella la que sacó las entradas y me reprendió cuando quise abonar la mía, lo que le dio ocasión para decirme que además de soso parecía pusilánime.

—Pasas y te sientas —me ordenó al cruzar el vestíbulo—. Yo arreglo algunas cosas, pero si tardo un rato no te pongas nervioso.

Le hice caso y con mi entrada en la mano la acomodadora me indicó la localidad correspondiente, en la última fila y en un número al que logré llegar importunando a los espectadores de la misma, ya con la sesión comenzada y una oscuridad en la pantalla que intensificaba la oscuridad de la sala, una misma noche o un paralelo túnel que no tenía final.

De algo de eso debía de tratar la película, de lo que en las noches o en los túneles puede suceder cuando las persecuciones son por las calles desiertas o en los trenes que ni tienen fogonero ni revisor, yendo el convoy a la deriva y con presumible riesgo de descarrilamiento.

No pude concentrarme, no me enteré de lo que en la pantalla sucedía ni tampoco me interesaba, inquieto porque Denís hubiese sacado las entradas, probablemente pidiendo fila y números a su gusto, y desapareciera con un motivo impreciso y, como tantas veces en variadas circunstancias, dejándome en la estacada.

Denís no volvió y yo pasé uno de los ratos más comprometidos y penosos en que pude verme metido y a los que no estaba acostumbrado.

En el total de la fila donde me había sentado, a uno y otro lado de mi localidad, sólo había parejas afanadas en una suerte de despojamiento mutuo, amarradas y literalmente enardecidas con los mismos procedimientos, mientras la película discurría sin la mínima atención por parte de ellos, y el bochorno me agobiaba, cuando ya los jadeos limitaban algunos gritos de obcecación y desahogo.

Hasta hubo un momento, cuando en la acción de la pantalla la redoblada oscuridad mantenía un silencio religioso, en el que desde lo más insidioso de la fila surgieron dos o tres alaridos sexuales que reventaron en la oquedad de la sala con una potencia orgásmica desconocida para mí y que, al tiempo de hacerme temblar como una vara verde, motivaron el aplauso de la no excesiva concurrencia, como si los espectadores de los otros entornos de la platea celebraran alborozados las imprevistas y estrepitosas faenas.

Salí del Cine Paladio con el rabo entre las piernas.

Lo hice con el apresuramiento que me infundía la luz de la sala, cuando al encenderse la lámpara cenital y los apliques laterales, pude apreciar una rara nebulosa en la atmósfera, y tuve la sensación de que todavía era posible hundirme más hondamente en el bochorno, si resultaba cierto el descubrimiento que acababa de hacer y afianzaba mi nerviosismo, trabado y torpe en la huida.

Las parejas de aquella última fila no terminaban de moverse.

Dificultaban el paso, permanecían en su mayoría desmadejadas sobre las butacas, algunas con la respiración entrecortada y otras en la actitud de un desmayo del que para recuperarse necesitarían auxilio, y no precisamente el boca a boca que en algunos casos extremos todavía se administraban.

Llegué al pasillo.

Tuve la impresión de que más allá de la rara nebulosa que dificultaba mi respiración podía quedar, si la pantalla del Cine Paladio se mantenía en sus trece, un tufo de oscuridad y ruina derivado de las persecuciones: en la noche de las calles desiertas y en el túnel que no llevaba a ninguna parte, apenas a la irrealidad de mi imaginación maltrecha.

Crucé el vestíbulo como si fuera la presa afanada de cualquiera de aquellas persecuciones, y me aposté escondido en una esquina de las cristaleras exteriores del Cine.

Desde allí me iba a ser fácil corroborar el descubrimiento que seguía alimentando mi nerviosismo, ya en mayor medida que el bochorno que me había provocado verme en medio, y sin comérmelo ni bebérmelo, de aquella revancha de las parejas.

Unas extorsiones que desde entonces incrementaron los sueños lúbricos derivados con dolorosa reincidencia de lo experimentado en aquella sesión que jamás olvidaría, y de la que no sólo se resintieron las moscovitas, lo que no vendría muy al caso, también mis aficiones cinematográficas, el séptimo arte propiamente dicho en el aprecio que siempre tuve a las imágenes animadas.

Era mi tía Calacita, así lo pude corroborar.

Salía entre las últimas parejas, bastante despeinada, arrebolado el rostro, restregada la falda que podía vislumbrarse bajo el desabotonado abrigo.

Lo hacía con el aire insumiso de quien se siente a medio camino entre la desvergüenza y el encubrimiento, como si la indignidad de poder ser reconocida y delatada conllevase la indignación consecuente.

También a buen seguro la precariedad de la incómoda maniobra sexual, insatisfactoria llegase a donde llegase en la sudorosa fila, si era verdad lo que ella le había susurrado al adolescente cuando lo acariciaba bajo las sábanas y guiaba sus manos con delectación, en aquellas circunstancias en que el adolescente comenzó a saber lo que la vida podía dar de sí.

—Quietecito y valiente —le susurraba—. Calladito y gustoso. Mira el pompis, qué culete. Palpa sin pena. No te recates, no seas bobo. Ahora se pone, ay qué delicia. Ni te muevas, ni te marees. Relajadito, pajarillo. Más cómodo, menos estirado. Albricias, qué rico estás, luego el postre.

La tía Calacita salió disparada, pasó delante de mí y a punto estuve de llamarla.

No me dio la impresión de que alguien la persiguiera, aunque en la acera del Cine Paladio otras habían hecho como ella, y no era difícil calcular que había más parejas desparejadas que novios a la greña, en ningún caso muy seguros de la sesión a la que habían asistido.

—Era la fila de los mancos, no te quejes —me dijo Denís enfadada, cuando apareció como un fantasma a la vuelta de Longares y, sin que todavía yo hubiese dicho nada, me cogió del brazo y me incitó a apresurarme—. Te llevaba a lo mismo, y si estás salido ya lo arreglaremos. La fila es la mejor tapadera.

De que estuviera o no estuviera como ella me decía ni siquiera había tenido oportunidad de percatarme, ya que los acontecimientos no me habían servido para otra cosa que pasar un mal rato, incrementado al descubrir que mi tía Calacita había estado en la misma fila del Cine Paladio y, a no dudar, con igual ajetreo que el resto.

Mientras Denís me apretaba el brazo y me incitaba no ya a apresurarme sino a salir corriendo, me di cuenta de que comenzaba a estar como ella acababa de decirme, a buen seguro tentado por la resaca de esos ajetreos que me habían acompañado, la tapadera no la tenía en cuenta.

Pensé también, con la incitación y el recuerdo de esa resaca, que acaso uno de los estallidos orgásmicos que habían llevado a la platea del Paladio a un aplauso tan sorpresivo como congratulado provenía de mi tía Calacita, que entre las sábanas de la cama del adolescente se contenía quebrando el riesgo de las comodidades y cantaba una canción de moda con la euforia de una auténtica vocalista.

—Nos espera Lombardo —indicó Denís, que llevaba la gabardina sobre los hombros y estaba muy despeinada—. Ya ves cómo me pusieron la cara, hasta el rímel se derritió, y mientras tanto tú a solazarte, qué encomio. No sé si eres bobo o eres un cachondo.

Denís tenía un pómulo enrojecido y me seguía apretando el brazo con intención de llevarme en volandas, lo que casi consiguió cuando dejé de poner resistencia, y al final de Longares nos hizo señas Lombardo, que en aquella ocasión había cambiado la gabardina por un tabardo de cuero y la gorra visera por un sombrero de fieltro.

—Son secuaces —dijo Denís impulsiva, para que tomara conciencia de la peligrosa situación en que estábamos metidos, lo que me hacía pensar no sin inconsciencia que nada tendría que ver con los acontecimientos previstos por Cirro Cobalto, de quien también tenía dudas de haberlo visto entre los espectadores que salían del Cine Paladio, lo que jamás me atrevería a aclarar para no meter la pata— y no se andan con chiquitas. Secuaces, ya sabes, vendidos al mejor postor, seguidores acérrimos de quien no para en mientes. Me sobaron, maldita sea.

Lombardo estaba apoyado en un coche que por la pinta que tenía de cacharro pasado de moda, con las aletas sueltas y un guardabarros trasero medio desprendido, era a todas luces un vehículo camuflado.

Cuando ya estábamos a su altura, Denís me soltó y, al tiempo que Lombardo abría la puerta desencajada del coche con lo que me pareció la lógica intención de que nos metiéramos en él a toda prisa, a ella se le cayó la gabardina, entró y cerró de un portazo que hizo tambalearse la carrocería, sin que yo lograra reaccionar.

Lombardo estaba ya al volante y ni siquiera me miraba.

Yo permanecí en la acera, viéndoles arrancar, no sé si más atónito que contrariado, y cuando el coche comenzó a moverse, con un afán circulatorio tan agobiado como improbable, Denís asomó en la ventanilla.

Lo hizo mostrándome claramente el pómulo que además de enrojecido comenzaba a hinchársele, y me pidió que recogiera la gabardina caída en la acera, mientras Lombardo lograba al fin que el cacharro superara la primera marcha para irse con la segunda, con una voluntad parecida a la de cualquier gabarra en un río estancado, y yo me quedaba con un palmo de narices.

Doce

Por aquellos lejanos días, y dadas las circunstancias que asumía con parecido extravío al que supuso mi orfandad en sus inicios, cuando el vacío al que me abocaba la desaparición de mis progenitores se llenaba de sensaciones inconclusas, todo flotaba en el ir y venir en que mi voluntad estaba llegando a un grado extremo de indecisión, ya casi sin nada con que conseguir ordenar mi conducta, y eso justifica los vaivenes con que voy y vengo en lo que cuento.

Lo que Borenes pudiera suponer en ese voy y vengo en nada se parecía a lo que hubiera supuesto en la animación y contraste de los años, por mucho que en su conocimiento y aprecio hubiese invertido entre los hábitos y las rutinas de una vida sin relieve, abierto a otros barrios y estrenando otras calles, muy querencioso como siempre con las esquinas y las correderas que ya marcaban geométricamente mi existencia, y acaso también mis aspiraciones.

—He jugado a la ruleta rusa de un modo figurativo —le escuché a mi viejo amigo Celso, cuando ya los años nos igualaban en las vicisitudes de unos destinos comunes, asentados en esas edades en que todo empieza a terminar y según la suerte que a cada uno le caiga el final es más corto o más largo de lo merecido—, y fueron varias las ocasiones en que el disparo no se produjo o quedó la pistola encasquillada, ya con la bala en la recámara y una mancha de pólvora en la sien.

A Celso no lo conocí en el Caravel pero sí en el Barrio de la Consistencia, cuando vivía con mis tíos Calacita y Romero, y aunque andábamos en pandillas paralelas apenas nos tratamos por entonces.

Fue al cabo de los años cuando volvimos a coincidir, no tan mayores como presumíamos pero con suficiente desgaste y mutuas consolidaciones que, ya a la primera de cambio en la coincidencia del Bar Henares de la Calle Arbodio con otros conocidos, nos hizo presagiar por ambas partes una amistad muy probable en el recuento de nuestros pensamientos y experiencias.

El tiempo había pasado no menos incauto de lo que hubiéramos querido, y los recuerdos que unos y otros pudiéramos contar, con menos ilación que la reservada a las improvisaciones, tenían un punto de hosca melancolía, que en el caso de Celso resultaba especialmente desgastada, siendo él, sin embargo, quien mayor curiosidad y complicidad mostraba en las rememoraciones.

—La ruleta se basa en el azar —decía yo, que por aquel entonces tenía muy lejanos los recuerdos de ese tiempo, cuando Cirro Cobalto llegó a decirme que finalmente dudaba que fuese el Cantero que buscaba y en el resultado de lo que podía considerarse su gente había cundido el pánico o, para decirlo con mayor propiedad, la desilusión—, pero la casualidad cambia el gatillo de otros disparos y no sé si el tiro en la sien es menos previsible que un encuentro inesperado, aunque según lo cuento me haga con la picha un lío. No es casual que casi siempre el tiro salga por la culata.

Lo que pudiera saber de la vida de Celso, a aquellas alturas en las que las copas en el Bar Henares de la Calle Arbodio resultaban no menos reincidentes de lo que hubieran sido en tantos otros establecimientos de Borenes, era bastante parecido a lo que él supiera y adivinara de la mía.

Eso sí, con la salvedad de una parte sustancial de lo que en la mía supusieron Cirro Cobalto, Denís y Lombardo, aunque de algunas informaciones laterales una persona tan perspicaz como Celso bien podía acercarse a suposiciones no del todo erradas.

—Es curioso constatar —decía Celso, caviloso y expansivo, cuando en el torreón de la Alcaba una tarde cualquiera echábamos un pito sin tiempo y sin ganas de ir a ningún sitio, y menos que a ninguno de volver a casa, donde ya nadie nos esperaba— cómo una ciudad tan mediana y doméstica como Borenes tiene tantas posibilidades como cualquier otra, más cosmopolita e inabarcable, para lo más imposible y secreto. Lo que alguna vez, más jóvenes y menos enterados, nos pareció una urbe tan enquistada como mezquina, sin más alicientes que los aburridos y rutinarios, nos demostró, cada cual a su bola, que era incierta y peligrosa, menuda sorpresa, vaya varapalo, si cada uno contara lo suyo.

—No hay quien la conozca a fondo, no hay quien pueda con ella —decía yo, que casi ni me atrevía a mirar desde el torreón el límite de los afluentes del Margo, previsibles en un más allá que la tarde teñía de morado—, y si fuéramos capaces de recapacitar no estaríamos tan tranquilos, por mucho que los años nos hayan convertido en sus secuaces. Hay tramas que uno vivió en ella que no se corresponden con la realidad urbana, tampoco con quien la habita. ¿Convendría hacerse a la idea de que es inventada?

Celso pisaba la colilla y me ofrecía otro pito cuando yo todavía no había escupido la colilla del mío.

—Nosotros no hemos viajado mucho, no hemos ido muy lejos ni por mucho tiempo —dijo Celso—, pero ¿cuánta gente habrá visto a los alienígenas repostando en el Paladio, cuando ya no era un cine de sesiones numeradas sino la ruina que quedó tras su incendio? No sé si participaste en la persecución de aquellos seres metálicos. En el Barrio de Apiles, al lado de Centena, cercaron a tres, les dieron matarile cuando pedían a gritos la extremaunción. En casa de mi tío Orestes estuvo escondido un cabecilla, al parecer el que había quemado la nave. He jugado al tresillo con él y con mi tía Coleta.

Celso escribía en la prensa local.

Daba clases de esgrima en la Sociedad Plenipotenciaria, le habían sacado un ojo con el mango de un sable en un asalto y era astrónomo y filatélico.

—Ciudad selenita, si nos descuidamos —redundó Celso—, recóndita, estratosférica y sumergida en el halo de las constelaciones. Lo que hubiera resultado provechoso si contásemos con poncios a la altura de las circunstancias, y no con los mequetrefes que la malvenden. Las piedras de Borenes no hablan porque son pómez.

Me gustaba escuchar a Celso, a quien más de una vez echaron del Henares por el uso incruento de un revólver y porque al corretear con los amigos por la Borenes nocturna nos señalaba cobijos y encerraba en los portales a quienes parecían disimular algunas sombras antropomorfas, seres a su entender escondidos del pasado arqueológico de la urbe.

En muchas ocasiones, en el atardecer de Borenes quedaba un cielo amoratado sobre el norte de la ciudad que parecía reflejar el rescoldo de un incendio infructuoso.

Celso lo achacaba al reverbero de un más allá que seguía siendo una advertencia histórica para los habitantes de una ciudad tan profana como profanada y, al fin de los tiempos, dejada de la mano de Dios y en el temor agnóstico.

Más solo que la una y con la sensación no ya de que me hubieran abandonado, sino con razones suficientes para pensar que a Denís y Lombardo les importaba un pimiento y no tenía vela en aquel entierro, una vez que el cacharro se fue con viento fresco volví sobre mis pasos y, ante la indecisión de ir a que las moscovitas me encerraran en el cuarto de los trastos, si es que seguían con la misma estratagema, viré por el Paseo Continental y asomé a la corredera de los Celadores.

En el Bar Colima pedí el primero de los tragos que hubieran derivado en la consabida curda, de no ser por el aviso que allí me aguardaba, más urgente que premioso pero sin la mínima alternativa.

Cirro Cobalto estaba en la esquina del Lindero, a la vuelta de la corredera, y tenía el tiempo justo para alcanzarle, antes de que se produjera el acontecimiento que podía llevarnos a todos a la debacle, si no poníamos de nuestra parte lo que la situación reclamaba, que no era otra cosa que una acción conjunta y perentoria. Al parecer, así estaban las cosas.

—Usted verá si puede o debe —me indicó el hombre que en el mostrador del Colima me dio el aviso, haciéndose el sueco y disimulando la probable ascendencia balcánica que afeaba su cutis y el pelo ralo— o no llega a tiempo, y allá películas. Usted saber.

Cirro Cobalto estaba en la esquina del Lindero, adonde llegué corriendo y con la sensación de ser perseguido, que es algo que no he podido evitar en mi vida desde aquellos días: una sensación que a veces, para mayor inri, se corresponde con la de ser yo el perseguidor, equivalencia que siempre me delata y pone los pelos de punta.

—Ponte el casco y monta —me incitó, ya con la moto en marcha y unas detonaciones en el tubo de escape que podían asustar a los perros callejeros que en el Lindero procrean sin reparar en las parejas, lo que ha hecho correr la especie de que existen felinos que ladran y cánidos que maúllan—. No sé dónde te metes ni a qué juegas —me achacó sin que yo rechistara, acobardado—, no puedes pasarte la vida papando moscas, hay que vigilar, para eso se te paga.

Era una moto tan potente que casi perdí el aliento y antes de sujetarme abrazando a Cirro también el equilibrio, como si en el arranque la velocidad emulara un despegue que en vez de por las calles de Borenes nos llevaría por los tejados.

Volamos en una y otra dirección, con algunos derrapes y frenazos que me hacían saltar y no tuve en ningún momento conciencia de por dónde íbamos, como si el callejero estuviera estallando en mi cabeza o las referencias que recordara de él se hubiesen difuminado para que prevalecieran sus entrañas.

—Mira si nos siguen —me ordenó Cirro Cobalto, volviendo la cabeza y a punto de dar un viraje que no nos salvó de la acera, donde la moto culebreó antes de volver al asfalto—. Dime si vienen y de qué pie cojean.

Le obedecí con un esfuerzo temeroso y al hacerlo me sentí tan mareado como incapaz de una observación adecuada.

—No veo nada —dije con un hilo de voz que no debió de llegar a sus oídos.

—¿Nada o a nadie? —inquirió altisonante Cirro bajando la velocidad.

—Nada que vea —dije trémulo y acobardado.

—¿Ni una raspa, ni un somormujo? Maldita sea. ¿Estás ciego o te haces el gracioso? —me achacó Cirro Cobalto, que hizo otro derrape y encaró la moto para cerciorarse—. Vienen, joder, y no se van a andar con chiquitas. ¿Ciego o miope?

Ya no volábamos.

Los tejados de Borenes se nos habían quedado cortos, el asfalto no podía acomodarse al desvarío de lo que no podía atestiguarse como una huida o una persecución, acaso como el vértigo de una caída en un pozo sin fondo.

Supe que salíamos de Borenes, no sé por dónde.

Dejábamos la carretera, nos metíamos en algún camino vecinal, volvíamos a otra carretera que no era la misma, llegábamos a un alto, descendíamos por la pendiente que le sucedía al coronarlo.

La moto ya no rugía ni bramaba.

Se me habían taponado los oídos cuando Cirro Cobalto, más allá de lo previsible y sin ningún aviso, detuvo la moto al pie de una cuneta y la dejó caer entre el humo que podía provenir del exceso de revoluciones o del desgaste de las cubiertas en los frenazos.

Se quitó con mucho cuidado el casco y los guantes, desabrochó la zamarra y se sujetó la pajarita, ya que como pude apreciar venía vestido de smoking y con una insignia deportiva en el ojal de la solapa.

—A lo tuyo —me ordenó autoritario y sin siquiera mirarme—. No vuelvas por la carretera, vete merodeando, y ten cuidado con los mamíferos y las aves rapaces. Hay selvas que aparentan parcelas y bosques que no tienen espesura. Ojo avizor.

De los tan mentados acontecimientos, que estaban al cabo del día, sin que yo sacara en limpio otra cosa que las imprevisiones y los saltos de mata, iba haciéndome una idea que luego, con los otros saltos a que me sometió la vida, llegué a obtener algunas deducciones provechosas, pero siempre inconsecuentes.

Fue mi viejo amigo Celso, poco antes del matrimonio que lo llevó a la ruina física y moral, y que nos puso a sus amigos muy cuesta arriba seguir sus pasos, cuando ya todos teníamos noviazgos pasados de rosca, quien mejores consecuencias me sacó, menos seguro el pobre de sí mismo pero imbatible en la amistad.

—Todo suena a lo mismo, lo malo y lo bueno, lo previsto y lo insoslayable, la casualidad y la rutina —me decía Celso que, al verme alicaído, pretendía hacerme una evaluación provechosa de mis insuficiencias y penalidades—. La que te cayó encima se parecía a la que esperabas, se aguanta igual un susto que una buena noticia o una reprimenda. No abrevies lo que tarda en pasar, es lo mismo la impaciencia que la desgana, y lo peor, las prisas.

Si Cirro Cobalto me dejó con otro par de narices en aquella carretera que no acabaría de reconocer, con la noche sumergida en la humedad que me calaba los huesos, no podía dejar de considerar lo que tal acontecimiento suponía y el sentido que tuviese.

Tan embebido estaba y con tan poca capacidad de reaccionar y decidir algo, en consonancia con lo que me había ordenado, más que autoritaria, imperiosamente, que no podría atestiguar lo que él hizo, después de componer el smoking y ajustar la pajarita y pasar el pañuelo por los zapatos que, más allá de las incidencias, tenían un brillo acharolado.

¿Se fue con viento fresco por donde habíamos venido hasta que por el medio de la carretera se difuminó entre los chopos que la escoltaban, como si nada le importase o todavía pudiera llegar a una cita que tenía comprometida?

—Es el amo de la pista —le escuché más de una vez a Lombardo—, el que abre el baile y lo cierra, eligiendo pareja y dejando pasmados a quienes jamás vieron en su vida a un as meneando el esqueleto de tal manera. No lo olvides ni te hagas de rogar, estás alistado con el mejor. Vino a por ti y así hacía Jesucristo con los apóstoles, aunque seas ateo.

Me costó mucho trabajo cumplir las órdenes de Cirro Cobalto para que en vez de ir por la carretera lo hiciese merodeando y teniendo cuidado con los mamíferos y las aves rapaces, indicación esta última que me sonó a advertencia sobre el riesgo de los perseguidores y personas afines, si en la circunstancia que habíamos vivido era cierta la persecución o una estrategia para el desarrollo de cualquier otro acontecimiento imprevisible.

—No me hago a la idea de lo que traemos entre manos —le dije a Denís otra tarde en la que, sin haber ido a ver la cinta que echaban en el Cine Paladio, estuvimos escondidos en los servicios del mismo durante no menos de dos horas, yo tirando de la cadena del inodoro cada poco para evitar teóricas suspicacias y ella rogándome que me mantuviera quieto y en silencio, sentada en la taza y con la falda alzada— y no doy un palo al agua. ¿Estamos o no estamos metidos en harina o nos van a crecer los dientes sin que probemos bocado? No salgo de pobre.

—Es que tienes muchas ínfulas —me aseguró Denís, que en aquella situación llevaba unas bragas de organdí y se había teñido el pelo, cosa nada habitual ya que solía usar pelucas de colores variados y para nada necesitaba teñirse—. No eres un momio precisamente, no te creas. Tienes una personalidad llena de agujeros y un talante de oveja. Se te nota a la legua la condición de huérfano mal criado.

Aguantaba mecha, y en las situaciones insospechadas, como aquella noche tirado en la carretera, me decía a mí mismo que había que sobreponerse e hilar fino.

Pero eso no evitaba que se acentuaran mis temores al seguir las órdenes de Cirro Cobalto, ya que al dejar la carretera y regresar merodeando, más perdido que nunca, los mamíferos acabarían siendo unos perros de presa, guardianes de una alquería, y de los que escapé de milagro, y a las aves rapaces las sentí revolotear a mi espalda, graznando y dejando sus deyecciones en mi cabeza.

—No te me eches encima —decía Cirro en la moto— y que no se te ocurra moverte, ya eres carga suficiente, pesas mucho más que vales.

Las direcciones de Borenes desde los más cercanos o lejanos alrededores tenían el único distintivo de una bruma cenicienta, que en los veranos simulaba el cerco polvoriento de las encrucijadas, y en invierno lo que la niebla pudiera abandonar como un residuo de su ceguera.

En aquella condición de urbe sitiada, que históricamente podía constatarse en la enumeración de los sucesivos cronistas, yo acabé vislumbrando una cualidad que correspondía a mi existencia, no sé si sitiado o menoscabado por el agobio de lo que la ciudad emitía, como un sofoco o un lamento en el asedio.

Nunca lo había pensado y sentido con la intensidad de aquella noche en la que un perro me mordió el culo y un pájaro me cagó en la cabeza.

Trece

No fue Lombardo sino Denís la que apareció en la Cafetería Basilea, hecha un basilisco, desgreñada, corrido el rímel y con un chaquetón que tenía pinta de haber sido pisoteado en el barro.

También tenía las medias rotas y una falda desajustada en la cintura, abierta a un lado, y dejando a la vista cuando tras sentarse cruzó las piernas las bragas malva que se quitó para que las oliera la primera vez que me dijo que el amor no corría de su cuenta y en la ropa interior no tenía otro capricho que el de la inutilidad.

—No es la lencería lo que me peta —aseguró en aquel momento, mientras yo olía las bragas y adivinaba un perfume que no podría dejarme impasible—. Me es indiferente, no respondo, no cuela.

Denís dio un manotazo en la mesa que hizo saltar la taza de café que me disponía a llevar a los labios, y algunos clientes se volvieron para mirar al recodo de la Cafetería donde estábamos sentados, tan curiosos como asombrados.

—Lombardo no rige —dijo Denís con la voz muy alterada y tajante—. Se fue a pique, perdió la cabeza y la compostura. Está acabado.

Como no podía entender lo que quería decirme, hice un esfuerzo para intentar calmarla llevando mi mano temblorosa a su brazo, que apartó con la misma electricidad que la contraía y, antes de que me diera cuenta, me mordió en un dedo.

—¿Qué pasa —quise saber, sin poder apartarme de la dolorida sensación con que el perro me había atacado aquella noche durante el merodeo, dejándome el culo resentido—, qué tiene Lombardo, qué ocurrió?
—Nada, nada que te convenga saber —aseguró igual de airada, mientras se levantaba, dejaba caer la silla y cruzaba la Cafetería en dirección a los servicios—. Se le empotró el volante en el bazo. Qué bonito, ¿verdad? —gritó de tal modo que algunos de los clientes se fueron asustados.

Con el café derramado en la mesa, la mano temblorosa, el culo resentido y el asco que todavía me daba la cagada en la cabeza, que las moscovitas se habían prestado a lavar no sin aprensión cuando llegué en pésimas condiciones a la Pensión Estepa, pensé que debía irme, ya que no me convenía seguir con Denís mientras no se calmara y estuviese en condiciones de contarme con tranquilidad lo sucedido.

—Hay una regla que ni es de oro ni de obligado cumplimiento —nos había advertido en una ocasión Cirro Cobalto, que cuando estaba muy estreñido no le importaba repasar algunos consejos en el retrete, lo que a Lombardo lo ponía de los nervios y a mí me recordaba los viejos tiempos del Caravel—, y es la que dice que con tranquilidad y sosiego se va más lejos que con excitación y presura. Escucha y piensa, no te revoluciones. No se desmanda el que bien controla. Hasta en apretar conviene el tiento, ya lo veis.

Denís me pilló por la espalda cuando ya llegaba a la puerta de la Cafetería Basilea, y no se le ocurrió otra cosa que darme una bofetada en el cogote, lo que me hizo trastabillar, evitando que un camarero me socorriera, ya que la propia Denís se encaró con él y lo puso a sopa de caldo.

Salimos a Citeria, ella detrás de mí, como un guardia que va vigilando al detenido.

No había mucha gente y el mediodía tenía residuos de una de esas calmas invernarles que, tras las borrascas y las nieves, dejan absortas a las calles como si la intemperie se adelgazase.

Llegó a mi lado en la esquina de Consorcios, ya parecía algo calmada pero seguimos caminando Estaribel arriba sin decirnos nada, más juntos porque la acera se estrechaba.

—Lombardo es un mandria —dijo a mi lado, muy condolida—. El coche era un cacharro, debió de alquilarlo por cuatro cuartos para quedarse con el remanente. Sólo tenía un faro. Poco después de arrancar, cuando todavía íbamos por General Corteza se quedó sin frenos, el embrague suelto y el limpiaparabrisas atascado, sin moverse cuando empezó a llover. Salimos a la carretera del Peñascal, sin marchas, sin control, sin ninguna pieza que funcionara, con el volante agarrotado.

Denís me adelantó unos pasos, luego se dio la vuelta y se me encaró, como si de nuevo volviera a insultarme o quisiese abofetearme otra vez.

—Sois unos rilados, tal para cual, uno al rabo del otro y con la misma secuela —vociferó, mientras me detenía y la observaba asombrado—. ¿Qué iba a pasar, qué te imaginas que podía suceder en aquellas condiciones? Habla, no te quedes pasmado. ¿Qué clase de acontecimiento, si así puede llamársele? O aunque fuese una mera circunstancia.

—No tengo ni idea —musité cohibido y con ganas de salir corriendo.

—Un chopo, un abedul, un castaño, una encina. La maniobra no vale de nada. El cacharro se sale de la carretera y busca el árbol que más le conviene para estrellarse en él. ¿De qué sirven los frenos si no funcionan y en el último momento, para mayor incordio, vuelve el acelerador a su ser e incrementa la velocidad cuando se pisa?

Denís me cogió del brazo, yo no era capaz de decir ni pío.

Tenía un nudo en la garganta y en las orejas me salpicaban los detritos del asfalto y un temblor de escamas de brea y gravillas me cerraba los párpados.

Parecía que Denís se iba calmando, aunque al apretarme el brazo presentía su intención de retenerme para que no escapara, agitada la respiración y sin controlar un sollozo.

—Cirro Cobalto va a destetaros, os lo habéis ganado a pulso —dijo no menos indignada que conmovida—, y conmigo se acabó para siempre lo de quitarme las bragas.

No era previsible que en tan corto espacio de tiempo sucedieran las cosas más inusitadas, algunas menos pensables que otras, pero ninguna de ellas en el orden de los acontecimientos que seguíamos aguardando.

Llegué a la Pensión Estepa con pocas ganas de ver a nadie y, al contrario de los alborotos en que habían reincidido más veces los balcánicos, cuando abrí la puerta había tal silencio que me quedé estremecido y en seguida inquieto cuando una de las moscovitas asomó en la alcoba de Osmana y, sin hacerme caso, vino por el pasillo, entró en la cocina y volvió a salir con una palangana llena de agua, para regresar cuidadosamente por el pasillo y meterse en la alcoba.

Pensé que no había nadie más en la Pensión y permanecí unos instantes a la expectativa antes de ir a la habitación donde las moscovitas ya habían vuelto a acogerme, dejando el penoso cuarto de los trastos donde una noche, mientras dormía con la espalda doblada, se me cayó encima un irrigador que me abrió una brecha en la frente.

—Ahora que volviste —dijeron las moscovitas con el escueto y silbante agasajo con que me trataban— vamos a dormir de otra manera: tú a los pies y nosotras a la cabecera, con los camisones cambiados cada noche para que no nos distingas.

Lo llevábamos haciendo de ese modo y me exigían, como alternativa, que nunca durmiese con el pijama completo: una noche con la camisa sólo y otra con los pantalones.

—El capricho es para que los balcánicos no recelen, si nos ven ir al servicio o nos pillan con las manos en la masa —aseguraban las moscovitas, a las que tanto tardé en descubrir, y eso que estaba advertido, los tejemanejes que se traían entre manos, por mucho que Cirro Cobalto me dijese que no eran de fiar pero que tampoco había que echarlas en saco roto.

Todavía iba por el pasillo, intentando que mis pasos no resonaran en la tarima, cuando sentí a mis espaldas el aliento de alguien que parecía imitarme, cualquier huésped precavido o con mayor seguridad uno de los balcánicos, siempre silentes y sinuosos.

—Osmana se va —dijo una voz temerosa—. Osmana se apaga. Osmana se quita del medio. Una menos, la que más falta hacía para el condumio. Más que turca turquesa, para quienes estamos delicados en lo biliar.

Me sacudí al moscón, que desapareció sin dar la cara y decidí comprobar lo que pasaba, pero no tuve que llegar a la puerta de la alcoba de Osmana, ya que antes se abrió y asomaron las moscovitas, abrazadas y compungidas.

—Dice Osmana que dice Osmana que si estás en tus trece y no vienes curda pases a confesarte con Osmana, según ella se lo dijo —me comunicaron al unísono, sibilantes y algo ateridas con los camisones cambiados.

Las moscovitas corrieron a su habitación.
Un balcánico asomó la jeta en otra y un huésped desconocido, probablemente el ilusionista del que había oído hablar y que actuaba en el Teatro Carrete de la Calle

Pensilvania, me hizo una reverencia y un gesto de conmiseración.

La alcoba de Osmana tenía el tufo balsámico que se adensaba en la atmósfera con otros tufos corporales y extracorpóreos, además de los pabilos de las velas de cera añeja y el goteo de un aspersor con perfumes orientales, y de los fluidos que almacenara una estancia que jamás se ventiló, entre otras razones porque no tenía balcones y ventanas.

—Dice Osmana que si vienes como es debido —musitó con un deje ronco aquella mujer turca y de total confianza, a la que Cirro Cobalto me había encomendado y que en los primeros días de mi hospedaje no tardó en prevalerse de la autoridad concedida— te acuestes a su lado, para el fin y los hechos. Osmana no va a resucitar.

Hacerle caso era como cumplir una orden que ya había evitado algunas veces, cuando su mal humor me irritaba o sus caprichos no tenían sentido, algo de lo que ni ella misma era capaz de percatarse.

—Las moscovitas te hacen el nudo de la corbata —me alertó en una ocasión muy alterada— y con el mismo nudo se ahorca Osmana, si Osmana quisiera colgarse. Ni son trigo limpio ni a ella la asustan. Osmana afloja el dogal.

Me senté en la cama, a su lado, y tardó unos minutos en volver a hablar, ahora con la voz como un hilo roto.

—Osmana espicha. Osmana dobla. Osmana ya no calza, es cascajo. Osmana dice que Osmana ni distinguió la ponzoña, tampoco el tósigo. Está envenenada.

Di un respingo y al separarme de la cama pude observar el rostro amarillento en el que los ojos de la turca vaciaban su contenido en lo que semejaban unos cristales derretidos y purulentos.

—Ven y arrulla a Osmana —musitó lo que parecía un eco en el desierto—, vuelve a las andadas. Osmana era turquesa, verdosa y dura. Era Osmana la que dice Osmana y que llamaste Calacita en el almiar. Ay, cabrito.

Me fui disparado de la Pensión Estepa, el lugar del mundo que más aborrecería si a lo largo de mi existencia otros aborrecimientos no se hubiesen sumado con mayor decrepitud.

La turca vomitaba en el almohadón.

Las moscovitas salieron para reclamarme lo que era suyo, según decían.

Los balcánicos quisieron echarme el lazo, increpándome porque les había robado los papeles.

El único que me alcanzó ofreciéndome su ayuda fue el ilusionista, empeñado en que lo acompañara al Teatro Carrete, donde debutaba aquella noche.

—Los números que hago no son ninguna mandanga, se lo puedo asegurar —me decía con un convencimiento profesional digno de mejor causa—. Usted verá por circunscripción envolvente una sublimación y un hito. La característica de lo fútil con el adorno de lo incontaminable. Iluminancia y hechos antinaturales. Una temeridad y un proceloso entretenimiento. La intemerata.

Catorce

A Lombardo lo di por desaparecido desde el momento en que Denís se marchó enfadada, como sin querer saber nada de mí y sin comentar en absoluto lo que hubiera sido de él, más allá del choque con el coche y el volante empotrado en el bazo.

Tampoco se me ocurría buscar a Cirro Cobalto, que no había sido nada considerado conmigo cuando me dejó en la carretera diciéndome, entre otras cosas, que pesaba más que valía.

Lo que interpreté como un claro indicio de que no estaba a la altura de sus expectativas, si en algún momento me hubiera dado su confianza y me necesitase como segundo o tercero de a bordo, no de lugarteniente, cosa que ni se me hubiese pasado por la cabeza.

Recordaba sus consejos y algunas palabras lisonjeras y, por supuesto, los tiempos del Caravel.

Lo que fueron aquellas conversaciones en los servicios que ahora, al rememorarlas, me parecía que tenían el encanto de una intimidad nada bochornosa, si puede considerarse que aquello de lo que se habla cuando se están haciendo las necesidades llega a tener un punto de curiosidad y retranca muy distinto al que se suscita en otras circunstancias y deposiciones.

—¿De dónde viene uno? —decía Cirro Cobalto, al tiempo del esfuerzo y la connotación baldía de su estreñimiento—. ¿De qué cortapisa, de cuál reclamo? Si me escuchas lo podrías adivinar, si no recelas del trance en que estoy sujeto y en cuclillas. Una idea liberatoria, ay qué tenaz, ay qué promiscua la muy jodida. No me voy, pero me sostengo. Soy un ser imprevisto.

El Cirro Cobalto del Caravel me había amparado sin que yo llegase a tomar una conciencia ni siquiera aproximada de lo que pude considerar su mando en plaza, tan sometido sin percibirlo a sus ocurrencias, muchas de las cuales iba olvidando según me las transmitía.

Otras sin duda formarían parte de un aprendizaje o de un entendimiento de la vida que harían mella hasta en la propia melancolía del huérfano esquilmado.

—El tiempo vale lo que se estima, poco o mucho —decía Cirro, que acababa de pasarme el pito que fumábamos a medias en el patio del Caravel, mosqueados y envidiosos los otros compañeros que ya habían agotado las colillas que recogíamos y liábamos de la basura del Baile Coralina—, y no es bueno que te enzarces en medirlo. Tómatelo con calma, vete a lo tuyo. Si quieres que te cuente mi caso, lo hago. Un amigo es un velero, pero nunca te fíes, mejor el tiempo fresco.

—No lo entiendo muy bien —podía decirle, algo mareado por la nicotina del cigarrillo rubio, ya que Cirro Cobalto sólo fumaba marcas de importación y le daban asco las colillas—, pero te haré caso. No me asusto, tengo buena letra, eso sí.

—Lo mío es consustancial pero no paradigmático, para decirlo con la pedantería de cualquier profesorcete, todos arruinados en la Enseñanza Media, se trate del Caravel o del Instituto Merodio —opinaba Cirro Cobalto, que ya por entonces, en sus apariciones y desapariciones, sacaba matrículas de honor en casi todas las asignaturas y había echado la llave más de una vez a la Sala de Profesores, encerrando al claustro que estaba reunido—. Consustancial en la naturaleza indivisible de mi personalidad y esencia, pero no paradigmático o ejemplar en tal orden, no me subo a la parra, no me arrogo nominales y flexiones, me la sudan. Pero hay que espabilar, no recatarse. Intenta echar el humo por las orejas, no seas pardillo, no fumes como si soplaras, evita que te lloren los ojos, y si vas a marearte y echar la pava, apunta al norte. Uno es lo que vale un potosí o la esencia misma de la calamidad, si en la familia numerosa el garbanzo negro estaba repartido a partes iguales.

Mantenía el cigarrillo en la boca, mientras el humo perfumado le salía por las orejas y los ojos.

—Otro día te cuento lo que hay que hacer para quitar del medio lo que perjudica y no envalentonarse con lo que no es necesario, recuérdamelo antes de que tire de la cadena.

—Es mi sobrino —dijo aquel hombre obtuso que salía de los Almacenes Conveniencia en la Plaza Regalada y al pisar la acera estuvo a punto de perder el equilibrio, lo que me hizo pensar, como en seguida comprobaría, que estaba renco y tenía un ojo a la virulé—. Es de mi incumbencia, aunque no lo quiera.

La costumbre de salir pitando, igualmente en situaciones apuradas que en avisos refractarios, al oler a chamusquina o presumir que era mejor alejarse que acercarse, según los consejos de Lombardo, me hizo girar en seco, sin apercibirme con claridad de que aquel hombre me señalaba, pero atento a cualquier eventualidad.

No pude reconocer de entrada a mi tío Romero.
No fue la cojera lo que más me despistó sino el ojo que tenía la contracción de un puñetazo y desfiguraba su rostro, sin evitar por ello la reminiscencia equina a que contribuía su bigotillo.
Me fui dando vuelta y media, Calle Terma abajo, tras cruzar apresurado la Plaza Regalada, y lo último que se me pudo ocurrir fue que aquel hombre que me señalaba no ya desapareciese con mi huida, y mientras algunas personas miraban a uno y otro lado, sino que apareciese de nuevo a la puerta de la Cafetería Paraíso, en igual actitud y diciendo lo mismo, siendo ahora la llamada más perentoria.
Me quedé clavado al pasar por delante de la Cafetería Paraíso y todavía, poco antes de que le hiciera caso, sabiendo ya que de mi tío Romero se trataba, pensé que lo que

las coincidencias tienen con las similitudes es muy parecido a lo que en las familias desestructuradas los egoísmos tienen con los coeficientes.

—No me tomes el número cambiado —me dijo mi tío Romero en un tono casi de disculpa por echarme el alto, y no supe qué contestarle, aunque en absoluto me interesaba hacerle caso y tenía todas las prevenciones ante lo que la casualidad significara, un asunto nada grato de cualquier manera—. No pretendo otra cosa —añadió en seguida— que contarte algo, sin que quiera llevarte a mi bufete, casi todos los clientes se fueron a las rebajas y eché el candado.

¿Qué podía pensar de aquel hombre que había querido tirarme por las escaleras al sentarme frente a frente a una mesa de la Cafetería Paraíso, a la que la única vez que había entrado en mi vida había sido con mi tía Calacita, cuando el adolescente huérfano estaba enviciado con los batidos de fresa, que ella propiciaba de forma bastante promiscua?

—Si me miras ya sabes algo de lo que debo contarte —dijo mi tío Romero, al que la cojera debía de molestar, pues aupó la pierna para reposarla en una silla—. Si me miras y no te resabias, aunque tampoco me compadezcas. No soy un tullido.

No sabía qué contestar, nada se me ocurría al ver aquella figura un tanto desfigurada de mi tío Romero pero que mantenía la reminiscencia equina y a la que el bigotillo seguía identificando.

—¿Qué sabes de tu tía Calacita? —inquirió, cuando le sirvieron la copa de coñac que yo había rechazado, y se trataba de la pregunta que más podía molestarme, del nombre que menos hubiese querido escuchar.
—Nada —musité emboscado.

—Nada te reclamo, y de lo que reprocharte pudiera hay una parte alícuota de la que me hago cargo —dijo mi tío Romero muy tranquilo, acaso con la serenidad del jurista profesional—, ni hablo de bienes de ninguna especie y menos que de ninguno de los parafernales, allá tu tía con lo que era suyo. Ella se lavó las manos y yo tuve mi merecido. ¿Te vas enterando o necesitas otras pruebas periciales distintas de las que saltan a la vista?

Las que saltaban a la vista no podían ser otras que el ojo a la virulé y la cojera si recordaba, como así debía de ser, la solvencia física y la relevancia autoritaria que habían mostrado siempre en mi tío Romero una prestancia que en seguida lo identificaba, muy particularmente al lado de mi tía Calacita, pequeña, risueña, pizpireta y, si se enfadaba, tozuda y algo histérica.

—No te creas que no tuve indicios suficientes de lo que ella disimulaba, la doble vida, el engaño, la inmoralidad —dijo mi tío, que al apurar la copa de coñac ya estaba pidiendo la siguiente, para lo que alzaba la mano derecha con dificultad, como si también el brazo lo tuviera impedido—, y el hecho de tardar tanto en obrar en consecuencia no fue debido a otra cosa que a la vergüenza de que así fuera, el oprobio y la consternación. ¿Tienes algo que añadir, te quedas tan pancho o me tomas por un demediado?
—Nada que añadir —musité con atolondramiento.
—Nada que me sacara de apuros o me pusiese hecho una fiera, cosa que no va con mi carácter —afirmó mi tío Romero sujetando el hipo y asintiendo a sus propias palabras, de las que comencé a temer que presagiaban alguna resolución en la que iba a verme comprometido—, pero los arrestos suficientes para ir tras ella, confirmar las sospechas y hacer de tripas corazón. La de dios es cristo, si viniese a cuento.

Me miraba absorto y recordé de la manera más atrabiliaria algunos objetos que mi tío Romero tenía en el despacho de su bufete: un pisapapeles con forma de sapo, una escribanía con un águila tallada en madera negra, una gallina de cerámica, una colección de plumines despuntados metidos en un cuenco y un diminuto cesto lleno de bolas de cristal, de las que se servía todas las mañanas para intercambiarlas con las que siempre llevaba en el bolsillo de la chaqueta.

—La manía del niño —me aclaró en la única ocasión en que pude observarle enternecido— que para sentirse seguro al ser quintillizo necesitaba coleccionar estas bolas y llevar siempre alguna consigo.

No sabía cómo dejarle allí sentado, a ser posible con la palabra en la boca y la confianza en que la cojera no le permitiese perseguirme, pero cuando me di cuenta fue él quien se puso de pie, exagerando el gesto huraño y con lo que parecía una determinación, en consonancia con lo que me estaba temiendo.

—Testificas —me dijo tajante—. Lo que esa pájara hizo contigo es lo que hizo conmigo, aunque las lesiones provengan de mi mala cabeza. El cuezo lo he metido donde menos esperaba estos resultados. Soy un abogado de causas perdidas y al bufete le eché el candado. ¿Vienes o te haces el remolón?

—Tengo asuntos propios —musité cohibido—, y no se lo digo por escurrir el bulto, sino por cumplir con mis deberes, ya no me ando con remilgos, estoy asalariado.

—Si es verdad que no la has visto, mejor para ti, mejor para todos. Es una pájara que no tiene cabeza, ni escrúpulos, ni virtud alguna, sólo vaguedades y un conformismo inmoral. Ay, si volviera.

No fui con mi tío Romero a la fuerza, tampoco por la razón de sus consideraciones y un cierto sentido de culpabilidad que, aunque no lo tenía del todo claro, sí formaba parte de la incomodidad y el resquemor de lo sucedido.

Fui con él, casi podría decir de su mano, pero mejor es constatar que unos pasos por detrás y sin abandonar la intención de escaparme, tras el rastro de su cojera, que se acentuaba según avanzábamos, y escuchando la perorata que no cesaba y que cada poco remarcaba, volviéndose para requerirme y comprobar que lo seguía.

—Es una testificación y un aviso para navegantes —decía, instruyéndome en lo que él mismo había considerado como una causa perdida, el menos apreciable de los asuntos saldados en su despacho, cuando ya no quedaba ningún recurso administrativo y en las desavenencias conyugales estaba superada la caducidad y cualquier acto de reconciliación— y se hace por la estima más que por el orgullo, con dejación de las lesiones y un prurito impropio del picapleitos pero no de la moralidad pública.

En lo que mi tío Romero pretendiera echamos la tarde, y eso no fue lo peor, aunque en el remate de la misma me viese tan sorprendentemente involucrado.

Lo malo era el progresivo desatino de su perorata, ayudado por las sucesivas incursiones en los bares y tabernas del inusitado itinerario, donde siempre era recordado o como un antiguo cliente o como el abogado a quien se le debía agradecimiento por viejos pleitos y contradictorias testamentarías.

—Una vida que tú no conoces ni valoras —afirmó, arrellanado en un establecimiento de la corredera del Orco al que arribamos con la disposición de hacer guardia hasta que llegase la hora de testificar, y para que con unos vasos a los que estábamos invitados pudiese cumplir la promesa, de la que yo no tenía noticia, de resumir lo que denominaba una existencia sin destino, la obra vital en sus últimas consecuencias— y de la que pueden sacarse por lo menos cuatro hitos fundamentales, que no me importa repasar por si te sirviesen de estímulo. Escucha y calla.

El primero de esos hitos era el de una infancia que tuvo que ser dividida en cinco partes, dada la circunstancia de un parto de quintillizos, lo que motivó una supervivencia muy apurada, pero que los progenitores reglamentaron con bastante pericia.

—Organizaron una rifa que fue muy bien vista por el vecindario —contaba mi tío Romero, sin el menor asomo de animosidad y algo conmovido— y cada cual se llevó lo que le cayó en suerte, sin que mis padres tuviesen que quedarse con ninguno, aunque habría que decir en su descargo que ya habían tenido anteriormente otro parto con parecida remesa.

El segundo hito fue el que supuso la familia afortunada, que le procuró una supervivencia tan cómoda como afectuosa, al menos hasta que aquel matrimonio sin hijos ni prejuicios comenzó a concebir de forma inusitada, como si de un milagro se tratase, y los partos obtuvieran una persistente bianualidad.

—Uno crecido y solitario que era yo —contabilizó mi tío Romero con menos sorna que pesar— y tres que llegaron en seis años, quedando el primero relegado, y con esa penosa sensación de quien al sentirse preterido por tantos alumbramientos se percata de que no es como los demás, y así se le considera. Las camadas son las que son, naturales o sobrevenidas, el ajeno resulta un estorbo. Ése era yo en una familia inesperadamente numerosa.

El tercer hito fue lo que le supuso una caída desde la ventana del cuarto trastero al patio interior, viviendo como así era en un tercer piso, y existiendo un tendedero al pie de la citada ventana y donde estaba tendida la colada.

—Un salto y un condicionamiento —dijo mi tío Romero, que intentaba cerrar el ojo lesionado sin conseguirlo, quedándole el otro demasiado abierto—, el viaje sustancial de mi destino, tan vertical como vertiginoso y predictor, si me pongo estupendo. Todo blanco, un firmamento y una profundidad. Alfa y Omega. Nada de lo que llevo vivido es ajeno a ese vuelo. Ni siquiera el sudario, la sábana que me arropó cayendo conmigo desde el tendedero cuando me estrellé sin un rasguño.

Para referirse al cuarto hito necesitaba tomar aliento.
Se veía que el tal hito albergaba alguna duda y con ella el desajuste de su veracidad.

—Durante no menos de tres años —refirió, ya con los dos ojos cerrados y derramando lo que quedaba de la copa recién repuesta sobre la mesa— estuve secuestrado con las huestes de un circo en el que nadie tuvo intención de solicitar un rescate, y con el que recorrí no ya el suelo patrio, todas las plazas peninsulares, también buena parte de las extraterritoriales, el otro mundo y demás reservas extranjeras, algunas menos africanas que asiáticas. ¿Qué hice, qué me supuso el secuestro, en qué consistió? Adivina adivinanza... —remató ladino.

—No se me ocurre nada —contesté constreñido, sabiendo que en una respuesta adecuada me jugaba lo más impensable, dado el tono arbitrario que mi tío Romero iba concediendo a sus confidencias: los hitos de una existencia sin destino y la obra vital de sus últimas consecuencias, como había asegurado.

—Carne para las fieras —certificó sin que se le cayeran los anillos, emitiendo al tiempo el sucedáneo de un rugido y el eco de un trallazo que podía parodiar al látigo del domador, si el circo incluía ese número y mi tío Romero le ayudaba en la jaula—. Riesgo, audacia, una manipulación perfectamente calculada para que, sin devorarme, se encelaran conmigo en la pista las fieras hambrientas, mientras el domador las ponía firmes.

No me lo podía creer pero tenía que poner cara de circunstancias, ya que a mi tío Romero se le erizaba el poco pelo que le quedaba y, al contarlo, estaba a punto de llorar, acaso por el espanto de aquella situación de la que, como acabó diciendo, conservaba las cicatrices y un incisivo en el glúteo que no se pudo extraer.

—El hito es la carnaza, el cebo —dijo ya muy lejos mentalmente de cualquier cuantificación simbólica, pillado por la urgencia de su banal confesión—, y de eso he ido viviendo y padeciendo. De verme así usado, manipulado, con los ardides y engaños de la pista, que no es otra cosa que el mundo propiamente dicho.

Volvimos a la Plaza Regalada en tales condiciones que mi tío Romero ya no renqueaba.

Se dejaba llevar por las dificultades con que lo bebido distorsiona y desencaja, si eran ciertas las consideraciones de un viejo cliente suyo, que se nos arrimó en el establecimiento del Orco y, con el pretexto de invitarnos, nos dio la vara de la forma más desconsiderada.

—Igual que usted nos hizo con aquella masa hereditaria que a todos los causahabientes nos salió rana —dijo el viejo cliente, ya apostado en el más allá que casi parodiaba la que llevaba encima, y había agarrado por las solapas a mi tío Romero que se dejaba zarandear— como con lo bebido, que es lo que más distorsiona y desencaja, si nos avenimos a lo que un bufete de cierto renombre puede garantizar, o sin tenerlo en cuenta. El causante, los activos, los pasivos, una partición que según se supo quedaba yacente.

Los avatares de mi probable curda prolongarían lo que mi tío Romero diera de sí, ya que en lo que persistía era en la necesaria testificación que tanto me inquietaba.

Y lo más curioso es que cuando ya declinaba la tarde y llegamos al Parque de Medianía, sin otro inconveniente que la cuesta que bajaba sin asfaltar, él abrió desmesuradamente el ojo que tenía a la virulé y lo vi caminar con mayor solvencia, como si la cojera se hubiese disipado.

—No hagamos más elucubraciones —me dijo entonces, tras sentarse en el primer banco que alcanzó en el Parque, tan prevalecido y erecto como si nada quedase de alcohol en sus venas y de pronto, de la forma más radical y extemporánea, cobrara una lucidez que también a mí me hizo espabilar—. Lo que de veras me apetece ahora, con la suerte de haberte encontrado y poder charlar sin más inquinas y reconvenciones, es que no dejes de seguir siendo el sobrino que fuiste, el huérfano, el adolescente, el que estudiaba en el Caravel y falsificaba las notas con tanta maña. Lo que para mí suponías no tiene nombre, y hasta cuando te empujé por las escaleras, cuando te eché de casa, tuve un agobio y un pesar que ni imaginarte puedes. Soy quintillizo, eso jamás lo olvides, y tío carnal.

Sentí el temor de que de pronto, y como sin venir a cuento, subsumidos el alcohol y demás alteraciones fruto de nuestra penosa relación pasada y el ocasional encuentro, brotaran esos sentimientos abismales que podían ablandarnos, y que el ojo morado de mi tío Romero recobrase una lágrima de rehabilitación que fuese como un acicate contra la amargura de sus pérdidas y desilusiones.

—No me interpongo —dije sin saber lo que decía, una frase de autoayuda o insinuada reconciliación que nada significaba, aunque de todo lo que le había escuchado lo que más me impresionó fue el reconocimiento de su condición de quintillizo.
—A eso voy —siguió mi tío Romero, aliviada la cojera y alzando el rostro, una vez reposada la cabeza en el respaldo del banco—, a lo que conviene, si es verdad que las familias son lo que deben ser y tantas veces puse de relieve en los actos de conciliación o para que las partijas no fueran la causa de las desavenencias y rupturas. A saber, conjunto de ascendientes, descendientes y colaterales de igual progenie. Hay que ser consecuentes y leales y en los casos extremos, pelillos a la mar, así aconseja la jurispericia.

Mi tío Romero continuó parloteando un rato, y daba la impresión de que todo lo que decía tenía sus raíces en una sensatez que llevase meditando para contrapesar lo que mi tía Calacita había hecho.

También lo que yo significaba en un desbarate conyugal del que me sentía avergonzado, sin la mínima idea de lo que hubiera sido de mí si Cirro Cobalto no hubiese aparecido tan oportunamente el día que mi tío me echó de casa.

—Saca conclusiones —dijo finalmente, tras un largo silencio y limpiarse el ojo amoratado con el pañuelo y sonarse— y no dejes de enmendarte. El sobrino ya no puede ser el mismo, si la tía dejó de serlo. El tío vela por su causa y confía en el Dios misericordioso. Lo principal es la salud. Vuelve a casa, pero no vuelvas a las andadas. Se acabaron las rencillas y los malos pensamientos. No soy malo ni mañoso, pero mantengo mi fuero.

Pensar en que me hubiera convencido me daba grima, pero estaba conociendo a un tío Romero poco comparable con los antecedentes.

Un hombre que en su profesionalidad y en su raciocinio tenía un don no por desconocido menos extraordinario, y ese conocimiento rescataba algo de lo poco que pudiera quedarme de lo que había sido con ellos: el huérfano que cobijaron, el adolescente agradecido que se perdió sin la conciencia de hacerlo, ayudado por aquella tía Calacita que tenía menos cabeza de la exigible y acaso un fondo secreto de frustraciones y falsas teorías, una pobre mujer, al fin y al cabo.

—No sé —quise decir, pero sin que las palabras llegaran a mi boca— distinguir entre la gratitud y el agradecimiento. —Y cuando ya mi tío Romero se había levantado del banco y daba dos pasos sin dirección precisa, rematé

202

con la idea de que un menor se despista si no lo vigilan y orientan, pues sus pasos tienden a ser errados por desconocimiento de causa.

—Eres mi sobrino se mire por donde se mire —dijo mi tío Romero, a quien la cojera volvía a restituir un andar pendular que lo escoraba—, y sean del grado que sean los lazos familiares, me atengo a ellos. Hay que recauchutar también a tu tía, conseguir que entre en razón, sacarla del fango. Otra vez recompuesta y ordenada la familia, deberás acabar los estudios, licenciarte, heredar el bufete, abriendo el candado del mismo y recabando a los clientes. Más de uno se fue sin abonar la minuta, con el pleito a medias o sin llegar a interponer el recurso de reposición.

Salimos del Parque de Medianía no sin algunas dificultades para subir la cuesta que nos permitía encaminarnos de nuevo a la Plaza Regalada.

Eso sin que yo obtuviera mayor claridad de ideas en lo que se estaba tramando, aunque alguna inesperada ilusión pudiese flotar entre el ánimo y los atisbos de la curda que acaso el esfuerzo de volver a caminar, al rabo de mi tío Romero, incidía en la ligereza de un presumible desequilibrio.

Mi tío Romero tampoco iba con la enteres que sentados en el banco parecía haber recuperado, y en el costoso caminar retomaba los restos de la perorata, farfullaba con la agitada respiración del que está cargado.

—Ni raspas ni añadiduras —dijo tajante, cuando ya estaba a su lado y miraba haciendo una pausa la esquina del Fanal que teníamos a tiro de piedra—. Testificas, te involucras de veras y con la verdad como instrumento judicial. No se la puede jugar una mosquita muerta a un quintillizo sobreviviente, el último del parto, el único que pudo contarlo. No nos relajemos, seamos consecuentes, Dios mediante.

Quince

El más impensable de los acontecimientos que en aquellos días fueron complicándonos la vida, con Lombardo hecho una pena, ya que el volante le dejó el bazo incapacitado para destruir los hematíes caducos y participar en la formación de los linfocitos, y Denís hecha unos zorros, refugiada en algún lugar innominado y sin dar señales, fue sin duda el que se produjo con la testificación que mi tío Romero me solicitaba.

Volviendo por Ardiles y yendo como dos huidos que no podrían llegar demasiado lejos, dada la imprecisión que llevaban, uno en pos del otro y ya sin decir nada, con ambas cabezas mecidas por el vaivén de las sombras.

Un vaivén que en los oscureceres de Borenes suele acomodarse bastante bien a lo que de ellas se necesita, siendo habitualmente la noche en la ciudad invernal un recurso para esconder las malas costumbres y los secretos que no por correosos dejan de ser tajantes, y así fuimos sin solución de continuidad y llegamos por vía de apremio al lugar exacto en que la testificación debiera producirse.

—Depones como testigo —me ordenó mi tío Romero, cuando acababa de indicarme un portal en el número siete de la Calle Almarza, donde Ardiles llegaba a su confín— y denotas con seguridad y certeza lo que aprecies tanto en lo físico como en lo moral. Ahí te las veas. Es un acto judicial, no te disipes. Ajustaremos cuentas.

Se fue mi tío Romero y me dejó sin la mínima disposición para cumplir el encargo y sin que se me pasara por la imaginación lo que debía hacer, temeroso de cualquier expectativa pero en absoluto resuelto.

—Te atas los machos —le escuché una vez a Lombardo— y te mantienes quieto y a verlas venir, sin divagaciones ni veleidades. Lo que suceda es lo que tiene que pasar. La información que se te pide es la que exigen las circunstancias, no vayas a echarlo a perder. Otras son las cosas reales y demás zarandajas. En las novelas hay que atenerse a lo justo, la ficción no deja que el todo sea más que la suma de las partes.

Iba y venía como un botarate por la acera de la Calle Almarza.

Rebasaba el portal del número siete, sin las ideas claras y la tela de araña residual de la frustrada curda, que sin llegar más lejos de lo que había llegado en aquel establecimiento del Orco, en el que pude beber sin tasa, me rasguñaba los ojos.

Iba y venía sin idea del tiempo y sin acordarme siquiera de que el reloj me lo había ganado en una apuesta el ilusionista que actuaba en el Teatro Carrete.

—Avizor y sin resquemores —le escuché en otra ocasión a Denís, que me había llevado en una furgoneta hasta una finca de la carretera de Val Gusán, y me dejaba de guardia sin más instrucciones que consejos—, y no asomes la jeta si no es necesario. Lo que está en juego es lo que menos importa. El sentido común no garantiza nada. No te muevas ni te la menees, no seas zafio. La realidad no acucia.

En las horas que pasaron tuve tiempo de pensar en lo que mi tío Romero me había dicho en el Parque.

Bien si se trataba de una súplica para que volviese a casa o de un mero ruego que sirviera para recomponer tantas cosas desbaratadas, y con ello asumir el aliciente no sólo de un regreso a la vida familiar y reglamentaria.

También lo que supondría de reconocimiento a los valores morales que como letrado mi tío representaba y, en tal sentido, la lección que recibía no ya para salir escarmentado sino para afianzar ese aprendizaje que reforzaba mi mayoría de edad y la conciencia de su generoso desprendimiento.

Todo me parecía tan impropio como improbable y ya, al darle tantas vueltas, me comenzaba a molestar, como si el encuentro con mi tío Romero fuera una de las peores cosas que me hubieran sucedido, algo que no por casual resultaba menos afortunado.

Tropecé al final de la acera de la Calle Almarza y supe que en los residuos de la curda quedaban escozores y suficientes incisiones mentales para que lo que persistiese de confuso me agrietara el dolor de cabeza.

—Ella ni tiene lo que hay que tener, ni es formal ni se aguanta a sí misma. No son tonterías, son indecencias. La salud peligra cuando la moral se corrompe. Estate atento. Ay, qué puñetera.

Me repetía aquellas últimas palabras de mi tío Romero cuando vi salir del portal del número siete a una mujer menuda y veloz, que llevaba un pañuelo en la cabeza y una gabardina ajustada.

No había dado ni tres pasos seguidos tras ella, cuando alguien salió del mismo portal, de igual manera y con parecidos ademanes, llamándola.

Si era o no era Cirro Cobalto el que alcanzó a mi tía Calacita no quise saberlo.

Hay cosas en la vida que no por chocantes merecen ser menos consideradas.

209

Pero también es cierto que en el orden de los acontecimientos las sorpresas sobrepasan a veces las expectativas y hay que reciclar lo que se piensa y lo que se supone, sea quien sea el amo de la pista.

Con el fallecimiento de Osmana volví a verme en la estacada y ahora de manera más acuciante, ya que ni Lombardo ni Denís daban señales de vida y lo último que hubiera pensado era recurrir a Cirro Cobalto, de quien tampoco tenía noticias.

Osmana estaba de cuerpo presente en el saloncito de la Pensión Estepa, con dos lamparillas que tintineaban a la cabecera del féretro y sin más compañía que la de dos de los balcánicos que la velaban muy circunspectos.

Me había prometido a mí mismo no volver jamás a la Pensión Estepa tras los altercados, las admoniciones y aquellas salidas de madre con que Osmana me requería y desechaba.

Pero no hay peor condición que la de quien no tiene estima ni cobijo, si es cierto que la orfandad además de la pérdida que conlleva se sostiene en el desamparo y existe como compensación, o justificación, que ése era mi caso, un acicate sentimental casi tan penoso como reconfortante.

No quise saber nada de las verdaderas causas de la muerte de Osmana, ya que si se hubiese tratado de un envenenamiento podían existir complicaciones que me atañesen, al ser uno más de sus huéspedes.

Pero tampoco sería desechable la idea de que ella misma se hubiera administrado la poción, a propio intento y poco a poco, o como resultado de las mezclas perniciosas de las infusiones con que habitualmente cogía sus melopeas, si se había pasado en las cantidades y en los productos que usaba, casi siempre fármacos sin receta.

—Es de Osmana la mano que a Osmana restituye —me decía cuando en algunas ocasiones me echaba la zarpa y me llevaba a su alcoba para que, espatarrada en la cama, me hiciera ver lo que escondía en las zonas más insospechadas de una anatomía imposible de imaginar y que unas veces suscitaba aversión y otras deslumbramiento, lo que siempre me avergonzaba—, y ya ves que Osmana es turquesa verdosa y dura, la mires por donde la mires y la toques por donde la toques. Ay, cabrito.

Las moscovitas no estaban en su habitación y la habitación estaba levantada, vacío el armario de su ropa y sin rastro de sus escuetas pertenencias, tampoco de las mías, que apenas eran inexistentes, aunque me fastidió sobremanera que no me dejasen ni muda, ni camisas ni pijama.

—Lo nuestro nunca será lo tuyo —solían susurrarme, cuando a uno y otro lado se me juntaban en la cama y en sus voces sibilantes había un eco carnal y exótico que siempre ha sido un aliciente en la precaria vida amorosa que he sobrellevado, al que también debiera sumar, mal que me pese, lo más secreto de aquella anatomía de Osmana que jamás olvidé y tantos sueños eróticos me alimentó—, porque dos valen más que una y no lo puedes ganar, siendo avaricioso.

Si me fui de puntillas de la Pensión Estepa fue no sólo por cobardía, también por la sensación, ya anticipada, de que allí nada bueno podía pasarme y en la última temporada, aunque mis gastos estuviesen abonados, las mismas moscovitas habían vuelto a parecerme dignas de poca confianza, cuando ya me seguían sometiendo a sus caprichos y al menos en varias ocasiones las había visto entrar y salir de las habitaciones de los balcánicos.

—Nunca me fijo en lo real más de lo debido —me comentó el ilusionista en el pasillo, en una ocasión en que nos tropezamos—, porque en mi profesión hay que proteger la fantasía para que no se salga del tiesto y se contamine, pero sí puedo asegurarle que ésta es la Pensión, de todas las que llevo hospedadas, tantas como plazas, en que menos seguro me veo, más atenazado y contraído. Cuídese, si es fijo. Una realidad desgobernada es el colmo de la insumisión. Recele. Usted tiene pinta de vivir sin la fantasía a buen recaudo, un gran peligro apenas permitido en las novelas.

De lo que quedaba en la Pensión Estepa cuando cerré la puerta a mis espaldas y asomé al rellano, y luego a las escaleras para comprobar que no subía nadie que se pudiese percatar de mi fuga, nada podría detallar que sobresaliera, a no ser la impresión que siempre tuve de que se trataba de un lugar que no estaba en Borenes, un sitio que nada tenía que ver con la urbe en que mi vida se concentraba.

Podía ser una extrañeza en nada ajena al desarrollo de aquellos días y de aquellos acontecimientos, pero el caso es que al asomar en el portal y comprobar que en Diáspora tampoco había nadie, sentí que lo que dejaba no existía y, aunque bajando por Pernil me encontré cara a cara con el balcánico de la anilla en la nariz y el pendiente en la oreja derecha, no me alteré en absoluto.

—Aparecieron los papeles —me dijo, con el gesto despectivo de quien no da el brazo a torcer—, y por si no lo sabe a la señora Osmana le hacen un funeral sunnita pagado por don Cirro y la entierran en sagrado siguiendo sus instrucciones.

Las dudas me corroían cuando pensaba en el ofrecimiento de mi tío Romero para que volviese al redil y aceptara de nuevo mi situación de sobrino readmitido al que no se le haría ningún repaso y para que todo siguiera como antes.

Si era eso lo que me había querido decir y le había entendido, a no ser que en tal entendimiento hubiese alguna confusión y todo proviniera del arrebato de un hombre que estaba bebido en la proporción en que estuviese vejado, con un ojo a la virulé y una cojera que por momentos lo escoraba o lo enderezaba, al ritmo de las copas y los cambios de humor.

Casi daba por saldadas las cuentas y los compromisos en que estaba involucrado con Cirro Cobalto, Lombardo y Denís o, al menos, me hacía a esa idea cuando pasaron más días sin saber nada de ellos y la sorpresa de descubrir a Cirro con mi tía Calacita no dejaba de inquietarme, ya que no era capaz de encontrarle ningún sentido.

También aquella insistente testificación que mi tío Romero me requería, no se sabe si como una entelequia judicial o una ocurrencia derivada de sus humillaciones y ofensas, me causaba un indefinido resquemor, algo que el tiempo pondría en su sitio.

Sobre todo cuando muchos años después pude sacar algunas conclusiones tan curiosas como impredecibles de lo que mis relaciones con mi tía Calacita habían significado. Como si aquello, tan secreto un tiempo y un día descubierto, no quedase como un juego prohibido entre la inocencia y la desconsideración, por una y otra parte, sino como algo que finalmente hubiera alcanzado una consistencia de satisfacción que, a la postre, resultaría tan beneficiosa como inolvidable en mis experiencias amorosas.

—Son infinitas las maneras de hacerse un hombre —me había dicho sin retranca en algún momento Cirro Cobalto—, y no hay ninguna que no merezca la pena.

Llegué una y otra vez al Barrio de la Consistencia. Asomé el morro desde la esquina de la calle donde había vivido con mis tíos, vigilante y temeroso, cuando deambular por Borenes me iba enfriando no ya el ánimo, también el vientre, como si al escalofrío de lo que podía considerarse un abandono o una perdición se sumaran mis cavilaciones más extemporáneas, cualquier vana idea tan repetitiva como atorrante.

También la vida me confirmaría lo que suponen las casualidades y no menos, como ya iba comprobando, los encuentros y los desencuentros en los que esas casualidades se suscitan.

De modo que algunos de los de aquellos días tuvieron un reflejo del pasado que solventaba una actualidad imprevisible y sorprendente.

—Vuelves al mismo sitio donde estuviste y, al sentirte de ese modo, te das cuenta de que el tiempo ni volaba ni era una trampa, apenas una ilusión o un suceso demasiado frágil —llegué a pensar la tarde en la que en la misma esquina de Pavimentaciones donde vi por última vez a mi amigo Parmeno, hecho unos zorros, me lo topé de nuevo, curiosamente al lado de la misma farola a la que se agarraba borracho en aquella ocasión.

No fue difícil reconocernos, tampoco eran tantos los años transcurridos, y el lugar del sorpresivo encuentro lo facilitaba.

—¿Por dónde anduviste? Borenes no es tan grande como para no habernos vuelto a ver, aunque no tuviéramos nada que decirnos, la ocasión la pintan calva y algo de pelo hemos perdido, sólo hay que fijarse —le dije a Parmeno, cuando ambos mostrábamos la duda de darnos la mano y, sin embargo, nos palmeábamos el hombro.

—Vivo en Armenta, me casé, tengo dos chicos —resumió, acelerado—. Vengo a Borenes muy poco —me informó, antes de que me percatara de que el imprevisto encuentro le resultaba a él menos grato que a mí, poco atrayente en cualquier caso.

—¿Sin más escrúpulos ni escorbutos? —le pregunté sin la mala sombra que pudiera aparentar, hasta rememorando con algún humor aquellas vicisitudes espirituales que habíamos compartido y de las que ni siquiera me tuve que arrepentir, ya que resultaban muy fáciles de olvidar.

Parmeno me miró con un gesto alevoso que retraía su antigua catadura, lo que le quedaba de lo más taimado y recovecoso, no ya del meapilas que tantas malformaciones hubiera profesado, tan predicador como penitente, sino de los rencores con que padecía lo que pudo ser una enfermedad del alma, el contagio de una fe envilecida por los recelos y las aversiones.

—Iba a encauzarte al tiempo que a mí me salvaba, algo que me desquició, si así lo recuerdas, pero intentaba sacarte a flote, ganarte para que compartieses un espíritu limpio, o puro si quieres y no te enfadas —dijo sin la mínima reserva, apoyado en la farola, y fueron esas palabras, que no parecían improvisadas, las que de repente me incomodaron y retrajeron aquel pasado de tantas misas y comuniones que desnudaban al huérfano para aplicarle una penitencia inmerecida—. Los escrúpulos me atormentaban la conciencia, los escorbutos provenían de la mala salud, debes recordarlo. Velaba por lo que creía que necesitábamos, alguna redención.

—No vamos a darnos la vara —le dije recuperando una sonrisa un tanto melancólica pero menos amarga de lo que el encuentro merecía—, y no creo que te apetezca recordar aquellas veleidades y cilicios, yo me curé de espantos.

Parmeno asentía, ya no con el gesto alevoso contraído en el tiempo que podíamos rememorar, sufriente y apesadumbrado, sino con el vano intento de restaurar más benignamente lo que habíamos pasado juntos, si acaso merecía la pena ese esfuerzo.

Volvimos a palmearnos los hombros, sin que aquello significara nada, ni siquiera el atisbo de una despedida.

Y cometí el error de acordarme de lo que Cirro Cobalto me había dicho respecto a la delación y el anónimo que descubrió el lío con mi tía Calacita, lo que mi tío Romero tuvo que asumir como un hecho consumado entre el engaño y la ignominia.

—¿Cómo se te pudo ocurrir —le pregunté a Parmeno, al acordarme, sabiendo de sobra que se trataba de una vileza que no merecía la pena achacar y que el amigo delator era más miserablemente moralista que vengativo—, por qué lo hiciste?

—No lo pensé —dijo Parmeno convencido—, no podía tener en cuenta aquella temeridad. Nunca me hice a la idea de que fuese verdad lo que me contó aquel amigo tuyo que vino a buscarte al Caravel sin saber si eras o no eras tú el que buscaba. Con tu tía estabas en pecado mortal y había que sacarte a flote.

Lo último que me faltaba en ese trance en que anduve más necesitado que deprimido por las calles y recodos de una ciudad que poco a poco parecía que iba dejando de ser la mía era volver con el ánimo constreñido que me dejó Parmeno, a quien ya no sabía si aborrecer u olvidar, hasta la misma parroquia de San Verino, por el Barrio de Obanto y otras demarcaciones difuminadas en el invierno que no acababa de irse de Borenes.

Esa pirueta quedaba al final de lo que se estaba avecinando, como un iluso trámite de aquel pasado en el que la orfandad se inmiscuyó en algunos derroteros que facilitaban la ayuda a su vacío.

Lo que se estaba avecinando eran por fin los acontecimientos previstos y prometidos.

Habían sido unos afanes religiosos que en manos de Parmeno tuvieron la contaminación adecuada, y por Obanto y sus vecindades fui recorriendo sin afanes vengativos aquellos círculos que nos llevaban y traían como penitentes y comulgantes enviciados.

Llegando en ocasiones a repetir los sacramentos de forma compulsiva, predicando Parmeno su adicción como un aliciente, y quedando yo enganchado y con igual mono cuando ya no dábamos más de sí en nuestra condición de meapilas.

No podía ser una casualidad que el padre Capelo estuviese tanto tiempo después en San Verino, y mucho menos si había sido verdad la huida con una de sus pupilas espirituales, colgados los hábitos y sin que pudiera borrarse en Borenes la leyenda de sus amoríos y exclaustración.

—No era verdad pero tampoco dejaba de ser una tentación reprimida, el recuelo de los malos pensamientos, que sobrevienen y alteran un estado de ánimo bajo, un momento de debilidad que aprovecha fácilmente el diablo meridiano —me dijo el padre Capelo muy jocoso y encantado de volver a verme.

Seguía en San Verino, o mejor sería decir que había regresado después de un tiempo del que no tenía intención de dar muchas noticias, aunque algo en su exagerado declive físico, en sus ojos vidriosos y amarillentos, en la pérdida de su cabello, tan lustroso en el pasado, y en el temblor de sus manos, me hizo pensar también en una enfermedad.

Lo que pudiera abatir su cuerpo sin dañar su espíritu jocoso, del que tan buen recuerdo guardaba.

—Algo tropical —sugirió sin insistir el padre Capelo, acaso al percatarse de que le miraba las manos temblorosas y contestaba a sus preguntas cada vez más intrigado y preocupado al observarle—, pero sin que la ruina vaya más allá de los años cumplidos. Los trópicos endulzan la vida y la desgastan en igual proporción, por muy misionero que se sea.

De la ruina no sería la primera vez que le escuchaba hablar al padre Capelo, tan comprensivo y dispuesto a ayudarnos a saldar aquellos desafueros religiosos en que estábamos metidos los dos alipendes que venían a solicitarle alguna reparación, más necesitados de una buena reprimenda por sus dislates que de un consejo que los rescatara de su pertinaz y viciosa dependencia.

—La ruina es el menoscabo y la perdición a que también se llega por cualesquiera de los excesos y contradicciones piadosas —podía recordar, haciendo que las palabras del padre Capelo repercutieran en mi memoria al verlo ahora arruinado y con el menoscabo físico de lo que podría ser el resultado de una aventura misionera, tropical y azarosa.

No me preguntó por Parmeno ni se interesó en exceso por lo que había sido y seguía siendo de mi vida, que yo le resumí, intentando también compaginarme con su jovialidad, aunque de su lejano buen humor no era difícil apreciar un eco melancólico que acentuaba la intensidad de sus silencios y la sonrisa menguante cuando sus palabras palidecían al desdibujarse en su mente.

—Perdí la agilidad —me dijo, cuando su mano temblorosa se acercó a la mía, ya imposibilitada de cualquier impulso alentador, el que nunca cesó cuando a los dos alipendes no les quedaba más remedio que aceptar sus irónicas reconvenciones que, cuando llegaron a ser abiertamente jocosas, lograron escandalizar a Parmeno, que propuso no volver a verle— y pierdo la cabeza, se me van las palabras y los pensamientos, no distingo los pecados veniales de los mortales. Soy un desastre en el confesionario, salen ganando los que traen más lleno el saco.

No nos despedimos.
El padre Capelo se levantó y, sin otro gesto que el de darse la vuelta como si alguien lo llamara, se fue y apenas se volvió en el último momento, como si tuviera algo más que decirme y se le hubiese olvidado.

—A Cirro Cobalto, si lo ves —me dijo—, le adviertes que lo malo no se aviene con lo bueno por mucho que él porfíe en hacer lo que le da la gana. Si se confunde es cosa suya. Si no lo ves, tampoco pasa nada, igual también contigo se confundió y no eras el que buscaba.

Dieciséis

—Esa chica se juega la piel que tú escatimas —fue lo que me echó en cara Lombardo cuando, tras unos días, apareció en la Cafetería Basilea, donde previamente me había dejado el aviso de que asomara el morro a última hora de la tarde y vigilando que nadie me siguiese—. Todas las alertas se han disparado y si vienen a por nosotros, tú serás de los primeros.

Lombardo vestía de luto riguroso, tenía un tabardo también negro y remendado y una boina capada que le daba un aire agrario.

En la cara se le notaba el sufrimiento que le hubiese producido el accidente, ya que lo que pudo suponer para su integridad física el hecho de que el volante se le incrustara en el bazo sería fatalmente una de las razones de que su salud quedase quebrada en lo que su vida diese de sí, bastante menos que cualquier previsión halagüeña.

—Saltaron todas las alertas y no se te ocurre otra cosa que irte con viento fresco de la Estepa, ¿dónde te metes, si puede saberse? —me requirió, sin haber llegado a sentarse y con el gesto airado que mejor se correspondía con mi atolondramiento.

Decirle que llevaba unos días como alma en pena, durmiendo en algún portal, indeciso de atender al requerimiento de mi tío Romero, con cuatro cuartos para seguir subsistiendo a base de empinar el codo y tomar café con leche, me dio más grima que hacerle constar que había estado desatendido, sin que nadie diese señales de vida.

—Aquí siempre tendrías un aviso —dijo Lombardo ofuscado— y en la Estepa una guarida, si no eras capaz de acercarte al Hotel Vístula donde Denís estuvo confinada, aguantando lo que no está escrito.

—Falleció Osmana, desaparecieron las moscovitas. De los balcánicos nunca supe si eran o no eran trigo limpio —informé como si me hubiesen pillado en un renuncio e intentando poner cara de circunstancias.

Lombardo me miró con desprecio.

Le sentí la respiración agitada y un movimiento que sin duda denotaba el rebufo que en el bazo dejaba el volantazo, del que quise interesarme, en el vano intento de demostrarle un afecto preocupado.

—Nada que te importe —gruñó—. Se pierden los estribos y hay un árbol donde menos se espera para llevarlo por delante. Empieza a cuidarte de lo tuyo y déjate de monsergas. No era el bazo, tenía empotrada la mentalidad, estaba hasta la coronilla.

—Fui a la Estepa y salí por pies al comprobar el panorama —volví a informarle sin convicción y sin que él se interesara—. Nunca me aclaré con Osmana, jamás supe si ella estaba o no estaba en el ajo. El balcánico de la anilla me dijo que Cirro corría con los gastos del entierro. Si se suicidó o la envenenaron no tengo ni idea, me dieron miedo las posibles sospechas.

—No era turca —aseguró Lombardo con inquina y de forma tajante— ni la Pensión era suya, ni tenía otro encargo que administrar la hospedería y hacer oídos sordos. Cirro la mantuvo como a tantas otras alrededor de la pista, unas a su servicio y las demás conchabadas o por si llegado el caso tenían que ayudarle a sacar las castañas del fuego. Con Cirro Cobalto no hay medias tintas. Va a por quien debe y lo necesita.

—Estoy confuso —confesé sin otra premeditación que la de buscar alguna excusa y evitar que Lombardo siguiera chorreándome—, no tengo ninguna ocurrencia. Las ideas las gasté en el bachillerato.

Creo que fue de ese modo como conseguí que Lombardo se sentase a la mesa en la silla más a mano, evitando en todo momento que ningún camarero se nos acercara y ajustando la boina que de agraria pasó a parecerme ganadera.

También comencé a presentir que en los rasgos de su cara había datos de una doble nacionalidad o una sospechosa doble naturaleza que hasta hubiera podido llevarme a tener con él un trato duplicado, quiero decir como si fuese el doble de alguien, con igual o distinto bazo.

—No te engañes conmigo ni se te ocurra coger el rábano por las hojas —dijo, ya más apaciguado—. Si a estas alturas no tienes las cosas claras, es que no hiciste méritos suficientes, y el que se confundió fue Cirro. Los acontecimientos no tienen ni orden ni concierto y a lo que hay que estar es a verlas venir. Avisados para saber cuándo los hechos y sucesos revisten cierta importancia. La realidad de los mismos deja mucho que desear. Hay un sesgo imaginario, no dejes que se te caigan los palos del sombrajo.

—Igual me descontrolo, lo siento —musité con la baldía conciencia de quien no se entera y se inquieta por no hacerlo, tan hundido como apabullado.

Lombardo comprobó la hora en el reloj.

Luego se rascó la cabeza bajo la boina.

Después llevó la mano al lado izquierdo del tabardo, a la altura del estómago donde el bazo seguiría resentido y sin efectuar correctamente sus funciones con los hematíes y los linfocitos.

—No te justifiques, pero tampoco te amilanes —me dijo con un tono más comprensivo, y aquélla fue la única vez en que, además de presumir su desdoblamiento, tuve la sensación de que sus palabras aquilataban una confidencia a la que no era nada propicio, muy al contrario, siempre ajeno y distante, como si su personalidad estuviese continuamente sumergida en el ocultamiento—. No se trata de alzar la cresta más de lo debido, pero tampoco de mear fuera del tiesto.

Sobre la mesa, a la que se había acercado un camarero al que espantó de un manotazo, puso una pistola que calificó como el arma reglamentaria y que, mientras estuvo hablando, mantuvo oculta bajo la palma de la mano, y cuando acabó de hacerlo y dio por terminadas sus palabras, le dio la vuelta y me la mostró como si se tratase del objeto que resumía todo lo que había dicho, cosa que yo no logré comprender por completo.

Antes de volver a guardar el arma, curiosamente en el lado izquierdo del estómago, a la altura del bazo, me apuntó durante un momento con ella y me conminó a mantener el secreto de lo que había escuchado.

—Es reglamentaria —aseguró, cuando ya la guardaba y yo, como un tonto, me había puesto manos arriba, muy probablemente repitiendo el gesto automático de lo que había visto hacer en tantas películas—, pero no por eso puede dispararse sola, tenga o no tenga echado el seguro, de lo que a veces es fácil olvidarse. Las armas las carga el diablo, y si te fijas en la oreja derecha de Cirro verás una brecha en el lóbulo. También Denís tiene una cicatriz en el tobillo. Lo mío fue más grave, justo en la tetilla derecha, y eso que el tiro salió por la culata.

Cuando Lombardo se levantó, llamó al camarero para insultarle por no habernos atendido y lo amenazó por si se le ocurría decir a alguien que nos había visto, se tratara de un cliente habitual o un extraño, cualquier persona fuera cual fuera su condición, edad y sexo.

—Escoltas a Denís, a no ser que a estas alturas ya la hayan apiolado —me ordenó de nuevo con inquina—, y aguantas mecha hasta que las aguas vuelvan a su cauce, si es que vuelven. Cirro desapareció. La pista jamás la he visto más revuelta. Es muy posible que huyera con el ala rota. Yo no las tengo todas conmigo, menos mal que ya no soy el que era. Esta posibilidad de no ser el mismo es de lo poco que nos va quedando a quienes apenas nada fuimos.

—El último que pensaba que asomaría el morro, el que menos me conviene. No sabes lo poco que me alegra verte —me dijo Denís, que había cambiado varias veces de habitación en el Hotel Vístula, donde seguía confinada y sin abonar la cuenta, con la falsa expectativa de una llamada o una indicación para que los acontecimientos no la sobrepasasen.

—Soy tu escolta por encargo de Lombardo, no me lo tomes a mal. El hecho de que no te alegre verme no tiene nada que ver con las circunstancias, eso es cosa vuestra. Yo a lo que vengo es a echar una mano —le dije, cuando todavía no me había abierto la puerta y, con el seguro puesto, me miraba con la somnolencia de quien acaba de salir de un sueño atiborrado de pastillas.

—Ni se te ocurra entrar, estoy en bolas —me ordenó—, espérame a la vuelta del número ocho de Capitán Gavela, donde la Tintorería Morelos, y que no te vean en Recepción, me tienen fichada. Lo que debo es mucho más de lo que pensaba. No tenía ni la más remota idea de lo que subieron en Borenes las tarifas hosteleras, y creía que estaba con gastos pagos.

Todavía insistí para que me abriese, pero se negó en redondo.

Debo reconocer que mi súplica contenía alguna suerte de intencionalidad amorosa, dada la situación desasistida en que ambos nos hallábamos: ella en su peligroso confinamiento y sin posibles para salir del paso, y yo muy desvalido y con poca capacidad resolutiva, por mucho que Lombardo me hubiese puesto las pilas.

Denís me inquietaba tanto como me atraía y con ella había corrido la suerte de algunas de las películas que más me gustaban y con notables satisfacciones.

Siempre percibiendo a su lado una equivalencia muy variada entre la animosidad y la estima, lo que ya se había suscitado desde que la conocí en el alto de los Urdiales cuando despeñamos el coche y me dejó por primera vez tirado, lo que volvería a repetir sin ningún pesar.

—No me hago a la idea de lo que quieres y de cómo eres —le confesé un día, cuando habíamos acudido a una cita con Cirro Cobalto en un piso cercano al Hotel Celebridades, donde se hospedaba, y a la vista de que Cirro no se presentó decidimos pasar allí la noche con la consecuencia imprevista de aguantar amartelados y metidos en la cama porque hacía un frío del demonio—, y tampoco sé si me valoras en lo que valgo o en lo que pueda importarte.

—No me haces tilín, tampoco cosquillas —me dijo Denís, que en la mezcla entre la animosidad y la estima no dejaba de administrar una ironía que a veces se parecía menos a un menosprecio que a un afecto—, pero no te me quitas de encima, no sé si por pelma o por timorato.

—O sea, que no tengo la mínima posibilidad —me arriesgué tiritando a su lado.

—Para novio, a lo mejor —dijo ella, con la gracia casquivana de quien te perdona la vida sin querer maltratarte y haciéndote un favor—. Los novios no se echan en falta, y vienen bien para pasear cuando no apetece otra cosa. Los tengo en todos los sitios y de todos los colores, podrías aspirar, pero ahora aprovecha la circunstancia y actúa sin abrir el pico. Tírate conmigo al precipicio, haz como si no te importara morir en el empeño.

Me fui hasta el ocho de Capitán Gavela y merodeé en los escaparates de la Tintorería Morelos, donde un maniquí aguantaba el tipo con un frac polvoriento, y de varias perchas colgaban prendas de abrigo arrugadas y que mostraban el corte de muchos inviernos pasados de moda.

Denís se retrasaba y el mediodía presagiaba lo que la temperatura venía dando de sí desde que andaba desasistido por las calles, cada vez más inclinado a volver a la Calle Perfiles del Barrio de la Consistencia y aceptar la propuesta de mi tío Romero de volver con él, como si las vanas intenciones de llevarla a cabo me resultasen más pesarosas y cobardes.

—Te dije que me esperaras dentro —me echó en cara Denís, al verme merodear por el escaparate de la Tintorería Morelos, muy agitada y sin detenerse—. Tengo que recoger un paquete y puedes hacerte con un abrigo si no quieres quedarte pajarito. Los que no reclaman los clientes los venden de segunda mano, este que llevo fue una ganga, no seas pardillo y, por cierto, jamás des las gracias a quien dejaste a gusto, una vez demostrada la solvencia y el agrado, no seas ceremonias.

Entró decidida y ni siquiera me dio tiempo a sujetar la puerta para que no se cerrara cuando lo hizo e intenté seguirla.

Denís vestía un largo abrigo de paño marrón oscuro, calzaba unas botas de igual color y llevaba recogido el pelo bajo un gorro que también hacía juego.

Cuando entré en el local me di cuenta de que apenas estaba iluminado por una mustia lámpara en el techo y dividido por un mostrador, tras el cual colgaban infinitas prendas metidas en bolsas de plástico y con sus correspondientes papeletas identificativas prendidas con alfileres.

—Puede probarse uno de estos abrigos, mientras la señorita vuelve —me dijo un hombre calvo que parecía un maniquí, cuando apenas había visto a Denís perderse tras el mostrador hacia lo que podía ser la trastienda, una zona a la que la luz mustia de la lámpara no llegaba.

—Si supieras lo que hay en este paquete, dejarías de hacerte pasar por quien nada sabe y menos quiere saber. Un resentido, un iluso, un advenedizo, cualquier cosa que te sirviera de coartada si llegan a cogerte con las manos en la masa —me dijo Denís, al caminar veloz por la Calle Capitán Gavela, apenas dándome tiempo para mantenerme a su lado y con el paquete que había recogido en la Tintorería Morelos bajo el brazo.

—No me atengo a las consecuencias, vengo a escoltarte pero no asumo más responsabilidades —le contesté, sin otra convicción que la de mantenerme a su altura, aunque algo indeciso cuando ya, al llegar a la esquina del Flanco, donde la Calle Capitán Gavela torcía y acababa perdiendo el nombre, ella se paró en seco y se me enfrentó sin ningún miramiento.

—Tómalo, lo coges y lo llevas —dijo muy contumaz, poniendo el paquete en mis manos—. No estoy para que me doren la píldora y mucho menos para sacarle a nadie las castañas del fuego, a una no hay quien le levante la voz, ni se te ocurra. El hecho de que estés físicamente bien formado no implica relevancia alguna, lo fisiológico siempre es casual, te lo he dicho tantas veces como quise, y tienes mucho de lo que avergonzarte, no te des pote, no hay altura.

No supe discernir si Denís estaba furiosa y desalentada por el devenir de los acontecimientos, cuando los sucesos que últimamente podía contabilizar apenas me servían para incrementar el desconcierto, quitando lo aprovechable.

Algo que estaba a punto de reconvertirse en la turbación que deshace o pervierte el orden de lo razonable, o una suerte de dislocación que sorprende y suspende el ánimo, según me dio por pensar.

Todo ello si me fuera posible no ya comprender, al menos intuir, que lo que me venía encima era una concatenación de hechos que, al menor descuido y si no ponía remedio, podrían acabar formalizando un caso en el que me viese inculpado, por la vía de la sospecha o con las pruebas fehacientes que recababa como letrado mi tío Romero cuando los clientes se le ponían de morros.

Me quedé con el paquete en las manos temblorosas, sin que Denís se privara, en su cólera, de darme un empujón que casi me hizo caer sobre el bordillo de la acera y, al darse media vuelta para irse por el Flanco y embocar el Bulevar de Recintos, no ya como alma que lleva el diablo, sino con la velocidad alterada de la histeria con que algunas mujeres, de las pocas que en mi vida he conocido, resuelven un conflicto sentimental con menos palabras que actos conclusivos.

—Te las ves y te las deseas —me gritó Denís, desaforada—, y en el mismo sitio donde escondiste el maletín escondes el paquete, no hay vuelta de hoja, el mismo agujero, igual laberinto, y que te den morcilla.

El paquete pesaba.

Tenía un envoltorio de papel estraza y estaba atado con bramante.

Lo primero que se me ocurrió fue esconderlo bajo el brazo y dentro del abrigo, que el hombre calvo de la Tintorería Morelos me había ayudado a poner, sin ningún acuerdo ni reclamación, y que tenía por lo menos dos tallas por encima de la mía y me caía igual que la carpa de un circo arruinado.

Lo segundo que se me ocurrió, cuando ya Denís había desaparecido por el Bulevar de Recintos, todavía con algún eco histérico de la supuesta desavenencia conyugal, fue devolverlo a la Tintorería Morelos y pedirle al hombre calvo que me cambiara el abrigo por uno más propio de mi talla.

Lo tercero fue lo que me dispuse a hacer, una vez que comprobé que en el atardecer de Borenes las fisuras invernales contribuían de un modo palpitante a desalojar las calles, ya que Borenes, en el orden de las civilizaciones crepusculares, no tenía el marchamo de lo vacío sino de lo extinto, que es también lo que sucede con el metabolismo de las poblaciones agrarias, mucho menos vaciadas que muertas de muerte natural y sin remedio.

Busqué la boca de una alcantarilla y tardé en encontrarla.

Había rehuido seguir a Denís por el Bulevar de Recintos.

Tampoco me apetecía ir por el Flanco, donde una de aquellas noches en que dormí en un portal me echaron la zarpa unos mendigos que reclamaban su derecho de pernocta y, sin la mínima consideración, me rompieron el sueño y la pernera del pantalón, indignados por mi actitud de okupa y con los modales de quien lleva a cabo un desahucio.

—No abogues por nada que no sea conveniente —me decía Cirro Cobalto, con la voz tomada por la carraspera y que sonaba como un eco desde el interior del retrete, a cuya puerta yo hacía guardia, mientras él resolvía sus problemas intestinales—, y cuando dudes o estés acobardado respira hondo y sacúdete la minga. Lo que se lleva a cabo entre la consternación y el desvío es lo que peor resulta. No te arredres pero no te pases de listo. Lo bueno no es el reverso de lo malo sino de lo imprudente. Y ahora cierra la puerta, que ya parece que se me templan los humores. Lo que suena es el himno nacional.

Me acordé de aquellas palabras cuando me disponía a meter el paquete en la boca de la alcantarilla.

—Ni de novio me valdrías —dijo Denís a mi espalda.

—No se me ocurrió otra cosa —contesté acobardado y sin recobrarme del susto que me producía volver a verla.

—Anda, devuélveme el paquete —me requirió, casi afectuosa— y vamos a dormir la mona. Si somos capaces de beber lo que me sobra, que es muy poco, te invito si no te enfadas.

No parecía la mejor idea dejarse ir a la deriva por las correderas de Corteza y las pavimentaciones de Capitán Aralla para asomar entre Posiciones y Abadil y llegar al Barrio Histórico, sin que Denís se aviniese a cualquier otra alternativa, muy prevalecida de aquel itinerario y sin la mínima precaución para que pudieran vernos quienes menos nos interesaba.

Las razones del escolta de nada servían y se fueron diluyendo con las decisiones que Denís tomaba, guiada por la única encomienda de repostar en los bares que más le apetecían.

Cada vez más dicharachera y airosa y repitiendo que la ocasión la pintan calva cuando una puede liberarse del oprobio del confinamiento, donde se padece lo más parecido a la vejación que supone el si te he visto no me acuerdo y ahí te quedas y te las arreglas como puedas.

—No me encasilles, no me sofoques, no seas pesado —me dijo tan ufana como desenvuelta, cuando me hizo entrar en la Cafetería Adarbe, ya en el centro, y donde sin reparar en los ventanales que nos exponían a la plaza, me indicó que me sentara frente a ella, mano a mano y con el paquete, que se le había caído varias veces según caminaba tan airosa, posado encima de la mesa—. Los temores son reservas mentales y en estos trabajos siempre gana la temeridad a la cautela. Bebe y relájate, no me des la tabarra.

—Te hago caso —accedí, pero sin quitarme de la cabeza el riesgo que veníamos corriendo al ir tan visiblemente a la deriva, muy en contra de lo que me hubiese ordenado Lombardo, si es que el lugarteniente seguía siendo el mismo o, al igual que Cirro Cobalto, un huido que asumía la desaparición como una estrategia al verse en apuros, mientras un tercero de a bordo, como era mi caso, les sacaba las castañas del fuego—, pero no sé si lo que hacemos es lo planeado y cumplimos con lo previsible en los acontecimientos, sean o no los debidos en la trama que huele a fosfatina.

Denís había pedido la segunda y la tercera copa y acababa de encender el último cigarrillo del paquete, dándome un somero manotazo cuando hice el intento de coger la colilla del cenicero.

Una muestra fehaciente de mi apocamiento, y sin duda derivada de los hábitos vergonzantes del Caravel, que también mi tía Calacita había tenido que recriminarme cuando en los momentos menos oportunos e íntimos orinaba en la colcha.

—Voy a hacerte el favor de tu vida —dijo Denís con un descaro y una petulancia que me arrugaron hasta límites insospechados, bajo el abrigo que no me quité en toda la noche y que, sin embargo, a la mañana siguiente no apareció por ningún sitio—, y es que voy a llevarte a donde en Borenes jamás nadie ha ido, un lugar que no por sagrado es menos profano y no por misterioso es menos reluciente. Una bicoca para el ocultamiento y los negocios paranormales. Si te parece bien, lo ves y lo aprovechas. A lo mejor te haces un hombre de una vez por todas.

Asentí ya menos apocado, pero todavía bajo la impresión de lo que Denís iba a ofrecerme, cuando sin dejar de echarme el humo de su cigarrillo en la cara me incitó para que me sentase a su lado, mientras volvían a llenarnos las copas y le traían otra cajetilla de tabaco, momento en que me percaté de que en la Cafetería no había nadie y por la plaza no se veía ni un alma.

—Eres mi novio, así como suena —afirmó Denís sin el menor recato y palmeándome los hombros, lo que me hizo sentir un conato de rubor e indisposición, nada distinto a lo que hubiera sentido cuando mi tía Calacita me estrechó por primera vez, yo en calzoncillos y ella en combinación—, mi novio y el adalid de lo que una extranjera necesita, haya nacido donde haya nacido como es mi caso. Extranjera y con pasaporte, y también con la doble nacionalidad, varios asientos en diversos padrones y dada de alta social y sanitariamente, sin que en las fichas policiales de algunas comisarías los datos estén correctamente cruzados.

—Estoy a tu disposición —asentí aturdido, y en ningún momento, hasta que pasó mucho tiempo, había podido decirle lo mismo a mi tía Calacita, que al ser tan pagada de sí misma en lo atinente a su cintura y trasero, no dejaba de requerirme—, y si de novio me quieres, mejor que mejor. Si no fuese tan pacato, te demostraría lo que me gustan los amoríos. Fui mayor de edad sin dejar de ser huérfano y sin saber de la misa la media, pero con presencia de ánimo. Hay días en que, después de fumarme un porro, sería capaz de que un mandril me la pelara.

Llegamos al Parsifal de la Calle Centenario, que tampoco parecía uno de los establecimientos más adecuados para enfilar la noche con la discreción que nos hubiera evitado cualquier contratiempo y, al ritmo de otras paradas en las barras de otros bares que suscitaban el capricho de Denís, comencé a sentir la mosca detrás de la oreja.

No sé a ciencia cierta si se trataba de una sensación o de un sentimiento, pero en cualquier caso era como un indicio de alerta del que algún aprendizaje podía prevalerme, si ya en manos de mi tía Calacita me había sentido en situación de inquietud y alarma, hasta darse el caso de tener que tomar una resolución tan inesperada como la de salir pitando o meterme en el armario ropero, acuciado por la irresponsabilidad de ella y mi temerosa sumisión.

—Es Romero, no te pongas nervioso, hazte el sueco —me sugería mi tía Calacita, cuando no tenía la mínima previsión de que mi tío volviera a casa y nos pillara indefensos, y sí tenía una capacidad extraordinaria para salvar los muebles en las ocasiones más complicadas, como tantas veces demostró— y no te acobardes ni des el brazo a torcer. Romero es por encima de todo un abogado de causas perdidas, y no se entera de la misa la media.

Mi tía Calacita nunca me decía tu tío cuando los avisos y las confidencias se referían a aquella relación desnortada que manteníamos.

Siempre se refería a él por su nombre, y esa costumbre formaba parte de mi coartada y alivio, distanciando lo que él significaba en los débitos familiares.

—Este Romero —opinaba mi tía Calacita, apurando hasta el extremo la reserva de sus extravíos, en los que tantas veces me había visto comprometido, sin que ella jamás me aclarase o justificara nada, ni siquiera cuando me sumó a ellos— es un badanas, y mira que estuve avisada antes del matrimonio. Un quintillizo es como una miscelánea. Un Romero más, un Romero menos, el mismo repetido hasta la saciedad, otro cualquiera en el mismo paritorio. Mira que me lo advirtieron —repetía mi tía Calacita obsesiva—, y no eran las ganas de casarme, lo juro, era el desajuste hormonal que tenía.

En el Parsifal comencé a detectar que lo bebido por Denís no se correspondía con la suspicacia que con mayor reincidencia venía mostrando en una actitud vigilante, sin que dejase de aumentar las carantoñas y lo que ya me parecía un claro intento de servirse de ellas para mantenerme anonadado, sumando sus lisonjas a mis copas, que poco a poco eran más que las suyas.

—Un novio para un viaje a esas islas que vemos en las películas y que tanto nos gustan —decía, con el tono encandilado con que su aliento emulaba la brisa de las palmeras, si me dejaba llevar por aquellas zalamerías tan impropias de la atmósfera de un antro como el Parsifal— mientras el ajetreo de las parejas del Paladio nos pone a cien, entre el tecnicolor y los cocoteros.

Bajábamos por la Calle Centenario, hacia el Prosodio y el Volatines y en ningún momento, más allá de la mosca detrás de la oreja, pude percibir que alguien nos seguía, aunque Denís no aceleraba el paso y el dichoso paquete iba de sus manos a las mías, sin que tampoco sospechara que aquel absurdo trasiego fuese, al final, lo que como un descuido pudiera achacarme.

En el Prosodio, que estaba bastante concurrido, nos quedamos en el mostrador y ella me dijo, con más señas que palabras, que iba a los servicios.

—Estamos metidos en un buen lío —recordé las palabras de mi tía Calacita, cuando un día llegué a casa hecho unos zorros y con ganas de meterme en la cama—, y no es por Romero sino por otro que no viene a cuento, ya ves qué fachas tengo. Si te enseño los moratones te escurres. El alma en vilo. La ropa interior para la lavandería. Los hay que no se contienen. Es como verme tirada debajo de una estaca, qué obscenidad, qué impudicia, qué desdoro, Canterín querido.

Denís no regresaba de los servicios.

Caí en la cuenta de que se había llevado el paquete o de que, al menos, ni yo lo tenía ni lo había dejado al lado de las copas que nos habían servido.

Cuando volvió, estaba a punto de decidir asomar a los servicios para comprobar qué le pasaba, pensando en un mareo o en que se le hubiese revuelto el estómago, sin que la mosca se me quitase de detrás de la oreja.

Venía también hecha unos zorros, como aquel día llegué yo a casa de mi tía Calacita, y sin apenas mirarme ni detenerse, me indicó que nos fuéramos, muy alterada, con el abrigo en las manos y sin el gorro que no se había quitado en todo el tiempo.

—Un abuso, un ultraje —dijo indignada, mientras salíamos a la Calle Centenario, y me urgía a que buscara un taxi, lo que dudé en hacer, antes de que ella comenzara a insultarme y a decir que toda la culpa era mía y que estaba hasta el moño de los novios y de los escoltas—. Eres una calamidad y un engorro, y tienes las horas contadas en lo que a mí respecta —remató.

—No sé lo que voy a decirle a Lombardo —se me ocurrió como una excusa o una justificación que tampoco vendrían a cuento—. Fue lo que me mandó.

—A quien menos explicaciones tiene que dar una hija es a su padre —dijo Denís tan airada como ofendida.

El desconcierto no evitó que volviese a entrar al Prosodio con el confuso intento de comprobar si estaba el dichoso paquete, muy arrepentido de no haberlo hecho desaparecer en su momento por la alcantarilla, y todavía con el ánimo quebrado, al percatarme de que no había rastro del mismo, fui al Parsifal y al Volatines con igual resultado.

Calle Centenario arriba y abajo, la noche de Borenes iba tomando un grosor aceitoso, como si el invierno vertiera en la intemperie una oleosa emanación que me mojaba con la misma densidad con que se abotargaba mi cabeza.

Y como si de pronto el mismo vertido de las copas que llevaba encima anegara mis pasos y mi entendimiento, hasta el punto no ya de perder la razón sino de insistir en el vano intento de contrariarla.

—Hay ocasiones —me decía mi viejo amigo Celso, muy versado en los imponderables y vicisitudes con que la vida muestra su cara más adusta— en que conviene no ya no dar el brazo a torcer, sino ponerse tozudo y hacer el mayor esfuerzo para no someterse, aunque se trate de lo más cabal o razonable. Se hace valer mejor lo que somos con el coraje de no arredrarnos ni avenirnos a lo que a veces nos requieren, por mucho que luego nos tengamos por tercos y testarudos, y mal que nos pese.

La pítima que pretendía Denís, y que iba a ser la alternativa que volatilizara nuestras responsabilidades, tras sacarla de su confinamiento en el Hotel Vístula y escoltarla según la encomienda recibida, se había ido al garete.

Y, sin dejar de ser sospechoso su comportamiento, no me quedaba más remedio que asumir aquel desamparo en que me había quedado, compuesto y sin novia o, mejor todavía, manejado sin merecerlo y, al fin, como la víctima de una pareja a la que habían tirado todos los trastos.

No sucumbí por completo a la tentación de rehacer el camino de los bares, ofuscado por lo que la noche traía consigo y sin que el abrigo que me caía como una carpa me sirviera de mucho.

Pero tampoco me resistí como debiera y al fin lo que tomé fue una decisión muy propiciada por la casualidad y el reconocimiento de las esquinas del Barrio de Amianto, en algunas de las cuales no era la primera vez que orinaba, en parecidas condiciones a las que iba.

La curda no me desorientó como otras veces, aunque la ruta seguida podía tener alguna intencionalidad no considerada, pero cuando por la Calle Vereda asomé a la Calle Diáspora, con la que hacía chaflán, sentí algo parecido a lo que los huérfanos pueden presentir cuando olfatean un hogar o el seno materno que su imaginación procura, aunque apenas se trate de un menesteroso cobijo.

Sin hacer de tripas corazón y sin más duda que la de comprobar que tenía en un bolsillo de la chaqueta la llave de la Pensión Estepa, tras asomar al portal del número veinte que estaba abierto, subí como tantas otras veces lo había hecho, sin atenerme a los últimos sucesos en ella acaecidos, y con la resolución no sólo del huésped que tiene sufragado el hospedaje, sino también con la osadía del huérfano que arriba a su cobijo.

La puerta de la Pensión Estepa estaba entornada.

No necesité usar la llave.

Era muy imprecisa la claridad lechosa que en algunas ocasiones provenía de un inesperado reflejo lunar, pero ahora en el interior todo parecía sumido en unas sombras blandas acumuladas por el abandono y el vacío, como si el tiempo no hubiese existido ni nadie se hubiese afanado en la existencia doméstica de los hospedajes.

—Dice Osmana —escuché como un susurro turbio que retumbaba en mi cabeza, antes de que me comenzaran a temblar las piernas— que si la muerte es la quiebra de la vida, ella se da por servida y acabada. Y también dice que le hubiera gustado más un tósigo menos amargo, sin que el pelo se le hubiese caído y escarchado los labios.

Diecisiete

Tanta reincidencia en el recuerdo de mi tía Calacita era ya una obsesión que llegó a trastornarme en aquellos días en que permanecí escondido en la Pensión Estepa.

Allí los espíritus y las apariciones surtían un efecto que doblegaba mi mente, apenas aliviada por la persona que menos se me hubiese ocurrido encontrar, entre el saqueo y el vacío de las estancias y bajo las sombras que propiciaban las ventanas cerradas.

La persona que menos se me hubiese ocurrido que estuviera en la Pensión Estepa, menos refugiado que huido, como parecía mi caso, él por sus deudas y yo por mis adversidades, no era otra que el ilusionista que debutó en el Teatro Carrete de la Calle Pensilvania y que en su momento me advirtió de las peculiares sensaciones que le causaba aquel hospedaje, tan recóndito en el concierto de los muchos que llevaba a sus espaldas en tantas giras profesionales.

La voz de Osmana se apagaba sin que el eco variado de la misma resonara en ninguna de las habitaciones que fui abriendo, para corroborar que nada quedaba en ningún sitio, que todos los muebles y enseres habían desaparecido y ni siquiera en el cuarto de los trastos había otra cosa que la huella de su desvalijamiento.

—Ya lo predijo Osmana —fue lo último que oí de aquel susurro recreado en mi mente como si el espesor de las sombras se aliase con el de las copas derramadas, sin que finalmente evitase un susto morrocotudo cuando alguien, al volver por el pasillo, me dio las buenas noches—, y ella misma lo reitera sin otro destino. No hay fin sin medio. Se liquidan las cuentas. No se fía ni se constata, se acabó lo que se daba.

—Buenas noches y disculpe el sobresalto —repitió aquel hombre que en el pasillo improvisaba una suerte de aparición que podía pertenecer a su repertorio profesional, si el ilusionismo no es otra cosa, como él mismo sostenía, que el arte de producir fenómenos que parecen contradecir los hechos naturales—. No sé si usted, como a mí me sucede, está aquí por casualidad o es un pupilo al que no avisaron de que el establecimiento cerraba.

—No se me ocurrió otro sitio al que volver —dije todavía sin superar el sobresalto— y tampoco me advirtieron. Lo del pupilaje es una excusa. Venía a dormir, estoy un poco mareado.

—Pues mire, si no le parece mal, vamos a echar una mano para apañarnos juntos y dormir aquí —me propuso aquel hombre, que en seguida me recordó que era el ilusionista que se había hospedado allí cuando debutó en el Teatro Carrete de la Calle Pensilvania donde, para su desgracia, se suspendió la función apenas comenzada por un accidente eléctrico que aconsejó devolver el precio de las localidades antes de solucionarlo, dado que sólo había una fila de espectadores en la platea—. Ya no son horas para buscar otro alojamiento y la noche tampoco acompaña.

No era fácil decidir el mejor cobijo en las habitaciones desmanteladas, y me dejé llevar por las pesquisas de aquel hombre que en ningún momento me dijo cómo se llamaba, ni tampoco quiso saber mi nombre.

—Usted tiene un buen abrigo —me indicó— y yo aquí en la maleta traigo cuatro prendas y con evitar la co-

rriente podemos acomodarnos en esa esquina. —Y me se-
· ñaló la más recogida de la alcoba de Osmana, que no tenía
ventana y conservaba la supuración de algunos perfumes
que se me incrustaron en el estómago con el alcohol, cuando ya pensaba que los efectos de la curda se iban reman-
sando ante el incierto fluir de los acontecimientos.

El ilusionista roncaba y no parecía importarle irse en-
roscando en el suelo, apoyada la cabeza en la maleta y sin
que las prendas que sacó de la misma le sirvieran para otra
cosa que mullir la espalda, de la que confesó un padecimiento puntilloso derivado del esfuerzo mental de uno de
sus números en el que hacía desaparecer medio cuerpo.

—Es un arte exigente —comentó poco antes de comenzar a roncar—, y lo es de cuerpo y alma. Se precisa de
una fuerte mentalidad y un físico ajustado. El aparato di-
gestivo a tono con el pasto espiritual.

A mi tía Calacita me la encontré cara a cara no lejos de la Pensión Estepa, donde estuve escondido sin otra seguridad que la falta de ganas para no incurrir en el curso de los acontecimientos previstos, ninguno de ellos medianamente favorable hasta la fecha, y todos susceptibles de provocar mi desconcierto, lo que ya me tenía hasta el gorro.

Fue en el mismo Barrio de Amianto, en un portal de la Calle Cenefa en el que me metí para resguardarme porque llovía a cántaros, al tiempo que ella salía, apurada como siempre, poniéndose la gabardina y con el pañuelo descolocado en la cabeza, en la que aprecié un corte rapado que le daba aspecto de fugitiva.

—Ni se te ocurra mirar, ni vengas ni me sigas —dijo con los nervios en punta, instantáneamente indecisa ante el aguacero, y en seguida cogiéndome del brazo para que la condujera a toda prisa por la acera—. Es una vergüenza y una abyección, un ultraje, menudo susto. ¿Y tú dónde te metes que no se te ve el pelo?

—Ni lo sé —dije constreñido.

—No me tienes ni la mínima consideración —aseguró entre el vértigo de lo que más que una huida parecía una persecución, ya que no dejaba de mirar hacia atrás, al tiempo que aceleraba los pasos, con riesgo de perder el equilibrio dada la altura de los tacones de sus zapatos—. Ni respetaste a tu tío ni fuiste capaz de poner las cosas en su sitio. ¿Qué te traes entre manos, dónde te escondes?

Mi tía Calacita resbaló en la acera y, aunque intenté sujetarla, no pude impedir que quedase sentada, con la alteración y el susto que la enrabietaban y su habitual histeria saliéndole por los ojos, al rechazar que la ayudase, golpeándome con el bolso.

—Déjame, no me toques, no me agarres —chilló, exaltada y compungida—, eres el último mono, no te atrevas, me das grima. Desvergonzado, si alguien nos viera.

Calle Cenefa arriba fui a su espalda y como ella no dejaba de mirar hacia atrás, yo también lo hice, sin distinguir otra cosa que la lluvia salpicando la acera y la calzada.

Viró en la esquina de Orodio, donde el Barrio de Amianto se desfigura como tantos otros de Borenes que no tienen delimitación precisa, y contribuyen a que las demarcaciones urbanas no admitan en el callejero las cuadrículas que pudieran ordenarlas.

La perdí de vista.

Dudé mirando hacia uno y otro lado y tardé en darme cuenta de que había un bar allí mismo y de que era el sitio donde podía haber entrado.

Era un bar muy pequeño, con la barra estrecha y dos mesas al fondo, en ninguna de las cuales estaba mi tía.

Asomé, entré indeciso y el hombre que fregaba vasos tras la barra me hizo una indicación que me animó a llegar hasta el fondo, sentarme a una de las mesas y aguardar a que mi tía Calacita saliera de los servicios, mínimamente arreglada, sacudiendo la gabardina y con el pañuelo de la cabeza sujeto al cuello.

—Nunca llegarás a saber lo que lloré y sufrí —dijo muy melancólica y menos acelerada al sentarse a mi lado—, pero algún día te darás cuenta de lo poco que valen las emociones, cuando no son correspondidas.

El hombre de la barra nos trajo dos cafés y dos copas de coñac, sin que mi tía Calacita me diese la oportunidad de beber la mía y sin que me atreviera a reclamar otra, aunque estaba muy necesitado, presintiendo que la mojadura tendría sus consecuencias, ya que por entonces había perdido el abrigo, sin desechar la sospecha de que el ilusionista se lo hubiese afanado.

—Dime qué te traes entre manos y dónde te escondes —volvió a preguntarme mi tía Calacita, con los ojos vidriados y lo que parecía dibujarse como una sonrisa resignada en los labios—. Y no te andes por las ramas, no seas trapacero. ¿Dónde y qué haces?

—Voy y vengo —aseguré sin la mínima convicción y un temblor en la voz que desgastaba las palabras antes de pronunciarlas— y me dejo llevar, nada importante.

—Poca cosa es —opinó ella—, y menos que nada si no estás a gusto o la única satisfacción es ir a la deriva. Te fuiste con viento fresco.

—Escaleras abajo —logré decir con cierto resentimiento.

Mi tía Calacita había vaciado las dos copas de coñac y me miraba con la lejanía que en ella era habitual, como si necesitara sentirse ausente y disipada para difuminar la realidad de su conciencia y pensamiento.

Tenía esa especial capacidad no ya para abstraerse sino para diluirse sin necesitar siquiera del silencio, musitando algunas palabras que resonaban igual que ecos en la boca semicerrada.

—Retirada un tiempo estuve a gusto —dijo, y reconocí la incierta voz de su lejanía— y nunca tuve mejor idea. La vida es así de rara. Pero menudo sofocón el de hoy. En las correrías el placer es muchas veces amargo, ya lo supe de chiquilla, no te creas, y tú bien que lo sabes, y debieras avergonzarte, lujurioso.

Hacerle caso a mi tía Calacita para volver a casa, y con ello aceptar el ofrecimiento que me había hecho mi tío Romero, me llevó un tiempo.

No sólo porque algunos sucesos entorpecieron mi decisión, sino también porque de los acontecimientos previstos por Cirro Cobalto, y que no llegaban a producirse, hubo algunos que ya no me causaron desconcierto sino el estupor con que se rompe lo real con lo inesperado, que era una de las más curiosas consideraciones que hacía el ilusionista, a quien no logré quitarme de encima en el tiempo en que estuvimos refugiados en la Pensión Estepa, para dar lustre a su profesión.

—Lo inesperado casa bien con lo sorprendente porque te coge desprevenido —decía el ilusionista, cuando ya no hacía otra cosa que darme la tabarra— y eso conmueve o suspende y maravilla, de modo que lo real hace agua con la propia rareza de lo incomprensible e ilusorio. Uno trabaja con esas herramientas como ya le dije, forzando la maquinaria de lo verosímil y suprimiendo, si se logra, los hechos naturales. Seguro que usted lo entiende, ya que tiene la pinta de ser fantasioso y, si así lo es, cuídese mucho de los mistificadores.

—Lo que se fue se retiene —decía Cirro Cobalto para darme ánimos cuando me veía a la baja y desde su posición evacuatoria no dejaba de echarme un cable—, y hay que medir esas pertenencias en lo que valen y significan para no darles mayor importancia de la que merecen. Somos parte de lo que fuimos, qué duda cabe, incluyendo errores e imponderables, pero no sólo hay que liberar el intestino, la deposición tiene que ayudar al olvido, hay laxantes morales muy eficaces. Toma nota y no desesperes, la vida en sí misma ya es todo un acontecimiento.

Todo eran consejos y ejemplificaciones que yo escuchaba vinieran de donde vinieran, pero con la conciencia de no poder hacer mucho caso, dada mi voluntad quebradiza.

Uno de aquellos días encontré en la Cafetería Temperatura a mi viejo amigo Celso, al que llevaba sin ver mucho tiempo, y reconozco que en buena medida por la culposa idea de rehuirle, ya que Celso era de los pocos que todavía podían llamarme al orden al percibir la deriva que yo llevaba o el abatimiento que me producía la confusión de mi cabeza.

—Parece que vienes de un funeral —me dijo Celso, sin ninguna intención de apurar una gracia fúnebre, pero tampoco de alentarme, ya que esa tarde él mismo no pasaba por su mejor momento—. ¿Enterraste al fin lo que te sobraba, o es que te has quedado a verlas venir?

—Lo segundo más que lo primero, y la edad que destiñe —le dije abstraído.

—Los años no pasan en balde —comentó Celso tras un largo silencio— y Borenes es poca cosa pero no menos que el mundo entero. Si te atienes a lo que hay, ya sabes lo que te queda, sólo tienes que acordarte de lo que llevas perdido. El cansancio no es la única explicación, aunque la mayoría de los días cuesta mucho despertar y levantarse de la cama. Hay que reconocerlo.

Celso miraba como si adivinara mis pensamientos y volvía a repetirme lo que ya me había dicho más de una vez.

—La orfandad por supuesto que no ayuda y, además, siempre fuiste muy propenso a dejarte liar y hasta a que te tomaran el pelo. No lo digo para contrariarte, lo digo porque no son muchas las cosas de las que podemos prevalernos.

—Si yo te contara —musité, cuando ya Celso pagaba las copas y se disponía a irse, sin solicitar que lo acompañase.

—Ayer vi a tu tía Calacita, pero no me atreví a saludarla —me comunicó finalmente—. Iba del bracete con tu tío Romero, salían del despacho de la Calle Ardenas. Tu tía tiene el garbo de siempre, por ella no pasan los años, qué gusto, casi me pareció otra.

—Es así, siempre lo fue, mantiene el tipo, nunca es la misma —consideré menos sorprendido que azorado, como si presintiese que no era ella o no pudiera quitarme de la cabeza que se había retirado del mundo.

Cuando apareció Lombardo no estaba en las mejores condiciones y venía con la encomienda de buscar a Cirro Cobalto fuese como fuese y olvidarnos de Denís, que había perdido por completo la cabeza y quería llevarnos a todos a la ruina.

Los hechos eran los que eran y ya no quedaba más remedio que salir pitando o, al menos, rehuir cualquier sospecha y dejar que las aguas volvieran a su cauce, constatando una vez más que todas las alarmas habían estallado.

—Hay algunas señales y no de todas hay que fiarse —dijo Lombardo, que me había localizado en la Pensión Estepa por medio del ilusionista, quien, al irse, se había llevado mi abrigo y los cuatro cuartos que me quedaban, después de haberme obligado a participar en el ensayo de un número con el que pretendía la desaparición simultánea—, pero con alguna lo encontramos, si nos ponemos a ello.

En la Cafetería Basilea no sólo no había clientes, tampoco aparecían los camareros y en la atmósfera se diluía una neblina que no procedía de la calle, donde hacía un frío de mil demonios.

La neblina procedía del propio interior, como si el establecimiento estuviera consumiéndose en el abandono que alentara su decrepitud, tal como venía sucediendo en aquellas postrimerías del invierno de Borenes en otros espacios y lugares que, a la vez, sumían a la ciudad en un olvido de sí misma del que no eran conscientes sus moradores.

—Se duerme más de lo debido —podía escucharse en Radio Pujanza, en alguno de los programas matutinos en que bostezaban sus locutores más madrugadores y menos dispuestos a comentar las noticias recientes, todas ellas relacionadas con ese declive invernal que mediatizaba los servicios y las instituciones— y el sueño es el resultado de la inapetencia y el desánimo con que las sociedades, ya sean públicas o privadas, se desacreditan y descomponen. A los oyentes corresponde superar la modorra o hacerse cómplices de esta decadencia onírica con la que regresan los tiempos de la urbe sitiada, cuando nadie defendió lo suyo.

A Lombardo se le había acentuado la cojera de tal modo que ya no daba un paso sin arrastrar el pie, y lo que el bazo hubiera sufrido en el accidente seguía ofreciendo unas visibles secuelas que ya no sólo afectaban al color amarillento del rostro sino a la agobiada respiración y a una caída de hombros que ni siquiera el gabán de piel de camello disimulaba, como tampoco disimulaban el temblor de sus manos los guantes de cabritilla que con el gabán hacían juego.

—No estoy para bromas —dijo sin poder contener el desaliento y la sofocación—, lo que estoy es para el arrastre, sin haber tenido la oportunidad de una retirada a tiempo. Son tantas las contradicciones y los desaguisados. Es tan penosa la irresolución y variados los casos perdidos. Un ápice, un adarme, cualquier protuberancia o achaque, qué putada.

Me extrañó y preocupó mucho aquella queja tan impropia de Lombardo, a quien jamás había escuchado una mínima disonancia respecto a las acciones y los cometidos, en los que el lugarteniente tenía la obligación, y así lo mostraba, de una entereza y presencia de ánimo que rayaba en

257

el exceso, siempre más allá de lo razonable y hasta de lo permisible.

—A la Pensión Estepa que no se te ocurra volver —me ordenó tajante—, fue un error que lo hicieras, está minada. Ni Osmana era la turca que presumía, ni su muerte se aclara. A las moscovitas y a los balcánicos no hay que mentarlos, corren a cargo de Cirro y él sabrá lo que se hace y lo que haya sido de ellos. Nosotros tenemos que encontrarlo, no hay otro cometido. De los acontecimientos poco más se puede decir. Señales hay.

—Estoy a tu disposición —dije, casi arrepentido al tiempo que lo hacía—, pero si salgo del desconcierto y llego a la confusión, no puedo asegurar que esté libre de cualquier sospecha. La vida que llevo no hay por dónde cogerla y no es que vaya a la deriva, es que no levanto cabeza. No hay modo de entender lo que pasa, es la pera o la rehostia si me pongo bronco.

Lombardo me miró con lo que podía parecer un gesto de discordia e inquina y cuando fue a dar un golpe en la mesa a la que estábamos sentados se le salió un anillo del dedo y rodó por la superficie como una moneda falsa.

—Te pones las pilas —dijo, taxativo y sin recoger el anillo— y te haces a la idea de lo que supone una entrega a la causa, aunque ya la causa haya caducado. Buscas a Cirro por cualquiera de las pistas que se te ocurra seguir, todavía nos queda un piso franco en el tercero izquierda del número sesenta y uno de la Calle Perfiles, lo usas si es necesario. Y no eches en saco roto al ilusionista que está conchabado y puede servirte de aliciente. Vuelve a debutar un día de éstos en el Teatro Carrete, conviene que vayas a la función, yo también estaré por si aparece Cirro.

—¿Y Denís, qué es lo que de veras pasa con Denís? —quise saber, sin que en la frustración de su recuerdo lograra borrar la palpitación del enamoramiento—. ¿Es que se salió de madre y no hay por dónde cogerla?

—No le corresponde a un padre poner a caldo a una hija, aunque se lo tenga bien merecido —dijo Lombardo escueto—. Denís puede ser ahora mismo un motivo de alarma.

Dieciocho

Fue una extraña intuición, que nada tenía que ver con el cometido de buscar a Cirro Cobalto, la que me llevó, casi de forma inconsciente, como venía haciendo al deambular por las calles somnolientas de Borenes, a ir hasta el número ocho de Capitán Gavela.

Allí pude comprobar que en el escaparate de la Tintorería Morelos habían cambiado al maniquí que vestía un frac polvoriento por el de una damisela vestida con un no menos polvoriento traje de amazona, fusta en mano y botas de montar.

Entré en el establecimiento con la intención de poder hacerme con otro abrigo, y a ser posible de una talla más apropiada, lo que no llevé a cabo porque no tuve ocasión.

En la trastienda asomó el mismo hombre calvo que me había atendido la primera vez y que no hizo ningún gesto al verme, apenas el movimiento de volver a entrar en la trastienda y, al poco tiempo, asomar, salir y depositar algo en el mostrador.

—El paquete que se llevó la señorita que lo acompañaba nos lo devolvieron al día siguiente, si fue perdido o sustraído o dejado de la mano de Dios, nada que constase —dijo el hombre calvo, y desapareció de nuevo en la trastienda sin que me enterara muy bien de lo que había dicho y mucho menos de lo que yo pintaba allí, a no ser que me decidiera a afanar cualquier abrigo, lo que ya no iba a ocurrírseme.

Cogí el paquete con mucho recelo, nada convencido de que fuera el que le habían entregado a Denís y el que yo hubiese intentado tirar por la alcantarilla, para finalmente haberlo perdido aquella noche en la Calle Centenario.

Apenas crucé la esquina del Flanco, donde tuerce Capitán Gavela, y me encaminé al Bulevar de Recintos, tuve la sensación de que el peso del paquete, también envuelto en papel de estraza y atado con bramante, se correspondía con algo peligroso.

Y que la extraña intuición de haber vuelto a la Tintorería Morelos, sin dejar de andar al albur por las calles de Borenes, era como un aviso inconsciente de alguna fatalidad relacionada con el discurrir de los acontecimientos, incluyendo la búsqueda de Cirro Cobalto, aunque nada llegara a aclararse en ningún momento.

No tenía ninguna otra intuición y no quedaba aviso pendiente, más allá de las órdenes y advertencias de Lombardo, y me pareció que había llegado el momento de hacer caso a mi tía Calacita y aceptar el ofrecimiento de mi tío Romero, lo único consecuente y razonable de lo que pasaba.

Volver a casa como si nada hubiera sucedido, reconfortado por la expiación de aquellas irregularidades en una vida doméstica menos honorable de la que hubiese merecido, si es que existen merecimientos más allá de lo que a las circunstancias achacaba mi tía Calacita, siempre alarmada por lo que solía denominar el desdén del destino.

—Tampoco te llames a engaño —me había dicho mi viejo amigo Celso, cuando al tanto de aquellas irregularidades quiso quitarles hierro—, ni es para que te sientas satisfecho ni para amargarte el resto de tus días. Las rencillas y los deslices se suman y superan, poco más o menos como los contratiempos y los embargos.

La única duda que me quedaba era si pasarme antes por el despacho de mi tío Romero o ir directamente a casa para que mi tía Calacita me recibiera con la naturalidad que yo me prometía y en ella resultaba pensable.

No me decidía a ir antes al despacho o a la casa, y una vez más en esa duda, como en tantas otras de mi vida, obtuve mi merecido, sin que los antecedentes, si así puede decirse, sirvieran de nada.

Llegué como un zombi a la Calle Ardenas, merodeé ante el portal del número donde en el tercero derecha tenía el despacho mi tío Romero, y cuando ya me decidía a entrar, disimulando el paquete para que no diera la impresión de que se trataba de un regalo, mi tío Romero apareció vestido de punta en blanco con una señora del brazo, también vestida con parecida elegancia.

No fue la sorpresa lo que me contuvo, a tiempo para retirarme y pasar desapercibido, sino el pálpito que sentí ante una pareja que llegaba a deslumbrarme.

Como si lo inesperado también contribuyera a mi apocamiento y, desde esa situación, mi tío Romero tomara una dimensión extraordinaria que iba a llevarme a exagerar la impresión, pero también a considerar lo que en su apariencia suponía la condición, no menos extraordinaria, de quintillizo.

Los seguí durante un rato, emboscado y ladino, embelesado al confirmar la distinción y gallardía con que caminaban por la acera de Fruela, cruzaban el paso de peatones de General Muñido y tomaban un taxi que se los llevó con el mismo vértigo que en mi cabeza desaparecían las carantoñas con que yo hubiera soñado la primera noche de mi orfandad, y todas las otras en que ya no lograría distinguir las caricias afectivas de las puramente amorosas.

Debo reconocer que se me saltaron las lágrimas, y no ya por la inusitada emoción que ni venía a cuento ni tenía ningún sentido, sino por la vacuidad en que me hallaba.

Otra vez tan huérfano y abandonado como me había visto y sin ningún tipo de aspiraciones, traído y llevado por unas circunstancias ajenas a mi voluntad y a la encomienda de participar en lo que no tenía ninguna explicación.

—Somos poco menos que nada —decía Parmeno, cuando los escrúpulos le estrangulaban el alma y su llanto inundaba el agua bendita de las pilas bautismales—, pero no podemos arredrarnos. Hay que sacar pecho. El demonio quiere ajustar cuentas, no cejemos, arriba ese ánimo, corazones erguidos.

Cuando el paquete se me cayó de las manos en la calzada, mientras corría por General Muñido con el estúpido intento de buscar otro taxi para seguir al que habían tomado mi tío Romero y la señora que lo acompañaba, produjo un ruido de piezas metálicas desajustadas que acrecentó el miedo y la sensación de fatalidad ante el discurrir de los acontecimientos que se avecinaban.

Lo más inmediato que se me podía ocurrir, una vez que recogí con mayor recelo el paquete de la calzada, era buscar un sitio donde esconderlo, y en absoluto pensaba que ésa podía ser una de las señales para encontrar a Cirro Cobalto.

Lo que el paquete contuviera, si aquel ruido que esché cuando se me fue en las manos y cayó en el asfalto había producido un desajuste de piezas metálicas, algo debiera significar en los envíos o en las transacciones que se llevaban a cabo solapadamente.

Como si nadie supiera nada y todo se perdiese sin llegar a su destino, igual que había sucedido, hasta donde yo era capaz de dar cuenta, con el maletín que Denís llevaba en el coche que despeñamos en el alto de los Urdiales.

—Te pillan, te vas de la lengua, te quedas con un cuarto de narices y la sensación de haberte pasado de rosca —me dijo Denís cuando le hice una pregunta que no por inocua le pareció descabellada—, ¿y quién paga los platos rotos? No te pases de listo, no quieras saber más de la cuenta. El silencio no se compra con la curiosidad, se malvende en tal caso.

Fueron las dudas de dónde esconder el paquete, al que tras la caída se le había aflojado el bramante que lo ataba, las que me llevaron dando más vueltas de las debidas hasta la casa de mis tíos en la Calle Perfiles del Barrio de la Consistencia.

Iba pensando en lo que también mi tía Calacita me había pedido para que volviera con ellos, aunque ya no las tenía todas conmigo después de haber visto a mi tío Romero salir del despacho con aquella señora, amartelados como unos novios que van de paseo.

Como no las tenía todas conmigo, y al menos algo había ganado en la experiencia de la deriva que tanto marcaría mi existencia, decidí no pasarme de listo y, antes de enfilar la Calle Perfiles y llegar al número treinta y dos, comprobé que todo seguía igual en un barrio por el que el huérfano había transitado con tanta pereza como pena.

Y del que había salido de mala manera, si el olvido no deja otra nota que la que no conviene recordar, siendo como es el olvido uno de los bienes mayores con que cuenta la humanidad, si no me equivoco y dejo a la memoria en entredicho.

No me acababa de fiar y me parecía que en la indecisión de haber ido al despacho de mi tío antes de acudir a mi tía, cumpliendo lo que me habían pedido, iba a encontrar mi merecido, si se entiende que las dudas y las componendas no son lo más acertado, cuando los antecedentes no sirven para otra cosa que para enrarecer algunas situaciones, lo que en mis circunstancias resultaba meridiano, aunque la suspicacia tampoco sirviera para no meter la pata.

Entré al portal con la malparada indecisión de hacerlo, pero como si acudir a mi tía fuese el único remedio que me quedaba tras haber visto a mi tío Romero hecho un dandi, con una flor en la solapa y una señora del brazo cuya elegancia llamaba la atención.

Cuando me decidí a llamar a la puerta del piso, el paquete se me volvió a caer y tuve la sensación de verlo escaleras abajo, no en la disposición en que podía apreciarlo desde arriba sino en aquella otra del pobre desgraciado que también cayó escaleras abajo, empujado y perdido el equilibrio.

Tardaron en abrir, pensé que no había nadie, dudé en recoger primero el paquete del suelo.

Mi tía Calacita asomó por la puerta entreabierta.

No sé si su mirada era de sorpresa o de enfado, pero en seguida sus palabras me confirmaron la indignación que le suponía verme.

—¿Qué haces aquí, qué quieres —inquirió con la voz acelerada y dispuesta a cerrar—, cómo demonios se te ocurre venir sin avisar, pretendes que me degüellen...?

Cerró, y al no ser capaz de reaccionar me quedé como un pasmarote.

Tardé un rato en conectar con la realidad que me tenía anonadado, pensando que no me quedaba otra cosa que esperar a que fuera Cirro Cobalto el que me encontrara a mí como ya había hecho en anteriores ocasiones, y no sólo para echarme un cable y sacarme de apuros, sino también para que en la promesa de los acontecimientos subsistiese algo que de veras me concerniera.

La última ocurrencia que tuve, cuando ya me parecía que iba a perder la cabeza, fue esconder el paquete en el Caravel.

Y hasta allí me encaminé, sintiendo que el Barrio de la Consistencia no sólo pertenecía a mi pasado de huérfano que algunas noches lo había recorrido en su condición de sonámbulo, sino también al de Borenes que, entre tantos barrios diseminados y concomitantes, se había convertido en una urbe que auspiciaba los laberintos del tiempo como una añagaza para que sus habitantes se despistaran, conmigo el primero.

Ya no sólo se trataba del desconcierto y la desorientación de mis pensamientos e ideas, también de lo que las transiciones operaban en los desplazamientos que algún día contabilizaría como el desorden de la edad.

Otro grado de confusión mental y emocional, otra suerte de medida en los recuerdos, cuando me fuera posible compatibilizarlos con lo que al olvido correspondiera, y única forma de cauterizarlos para que no me afectasen, quedase o no quedase la memoria en entredicho.

La ocurrencia tendría una inesperada resolución si al llegar al Caravel, y antes de subir a la vieja y destartalada aula donde conduje a Cirro Cobalto después de que me requiriera aquella lejana mañana en el patio, fuese el propio Cirro quien me estuviese esperando para recoger el paquete, sentado en el único pupitre que quedaba en pie y comprobando lo que Lombardo había escrito, cumpliendo sus órdenes, en la pizarra.

No iba a ser así, ya que ni siquiera subí al aula, porque quien me estaba esperando, en el pasillo que daba a la apolillada Sala de Profesores, era Denís, apoyada en la pared, fumando en una larga boquilla y con las solapas alzadas del abrigo marrón que le llegaba a los pies y era el que llevaba la noche que me dejó tirado y con más copas de las debidas en la Calle Centenario.

—Tarde como siempre —corroboró despectiva, cuando apenas me acerqué a ella y tiró la boquilla con un gesto airado— y sin la mínima consideración. Nunca se sabe si vienes o vas. Tampoco si aciertas o te equivocas. Si superas la modorra, avisa. Eres de lo que no hay.

Quise darle el paquete para que no siguiera con la perorata, aunque todavía no se cansó de leerme la cartilla y parecía dispuesta a irse y dejarme una vez más tirado, sin que el paquete llegara a despertarle mayor curiosidad que aprensión.

—Déjalo en cualquier sitio —me indicó ofendida— o échalo a la basura, si te engañaron es cosa tuya. ¿Quién empaqueta una bomba de relojería con papel de estraza y bramante? No tienes solución, se acabaron las martingalas.

Fui tras ella y con los pocos arrestos que me quedaban todavía logré decirle al alcanzarla:

—Lombardo ya me avisó de que ahora mismo eras un motivo de alarma.

Me dio un empujón que me hizo trastabillar.

—Lombardo mejor se ocupaba de los hijos naturales y de poner al día la tenencia de armas. Lo que sucede es la consecuencia de nombrar lugarteniente a un chusquero. Viajante de paños, pero menores, una ganga. Un padre con los hijos de madera, así nos pinta.

Siguió pasillo adelante y fui tras ella, todavía sin decidirme a tirar el paquete.

—Quítate de encima —me regañó, cuando asomamos a la calle e hizo el gesto de comprobar que no había nadie—, ni se te ocurra pasarte de la raya. Me tienes hasta el moño.

—¿Qué vamos a hacer? —pregunté casi sin abrir la boca.

—Cada uno a lo suyo —me recriminó—. Vas al Paladio. Te cuelas porque no conviene que te vean en la taquilla, tampoco que te eche el ojo encima el acomodador. Ves el programa doble completo, lo repites si hace falta y, si nadie aparece, sales de la misma forma que entraste.

—Lombardo me dijo que hay un piso franco en el tercero izquierda del número sesenta y uno de la Calle Perfiles —le dije, con la vana idea de guardar las espaldas.

—Clausurado sin previo aviso —me informó, cabreada— y con las huellas dactilares de quien menos lo necesitaba. Vete a comprobarlo y verás cómo huele a chamusquina lo que ni siquiera tiene calefacción. En el Paladio echan dos de astronautas.

—También me dijo que el ilusionista volvía a debutar en el Teatro Carrete de la Calle Pensilvania, ahora con un programa de menos riesgo —comenté, sin ninguna expectativa.

—Ese pájaro también va a lo suyo, ni es de fiar ni tiene el permiso gubernativo para la función —dijo Denís, igual de rencorosa.

—¿Entonces seguimos sin saber por dónde anda Cirro, qué es de él, cómo se las apaña? —inquirí, desalentado.

—Cirro Cobalto, para que te enteres de una puñetera vez, es el amo de la pista —dijo ella, orgullosa— y a nadie necesita. Jamás le falla aquel que busca. Jamás bailó con la más fea. No sólo está licenciado en ciencias naturales y del espíritu, también en artes marciales y tiro al blanco. A Cirro Cobalto no le tose nadie, entérate de una vez por todas.

—Ni se me ocurriría —afirmé, acobardado.

—¿Has ido alguna vez al Salón Calipso, en los bajos del Malecones, donde se estanca el Margo y hay ranas de temporada?

—No —negué rotundo.

—Tiene la única pista que merece la pena de una ciudad en la que hasta los bailes de sociedad están prohibidos, por culpa de los impagos y las indemnizaciones.

—No lo sabía —afirmé, intentando congraciarme.

—Puedes comprobarlo a medianoche, si sales vivo del Paladio y quieres tomar una copa conmigo, aunque no me agrada que nos vean juntos. No fuimos novios, tampoco pareja, no te hagas ilusiones. Lo mío siempre resulta un amor desinteresado.

Iba a decirle que me encantaba la idea, pero no tuve tiempo, ya que Denís salió disparada sin siquiera despedirse y a pesar de que comenzaba a llover a mares.

Fue entonces cuando arrojé el paquete a la calle, esperando que la lluvia contribuyera a neutralizar lo que hubiese dentro de él, si algo había, pero no fue así.

Se escuchó un estertor de engranajes, algo parecido a un motor que se descompone, sin que la lluvia lograra paliar aquel ruido metálico.

Luego estalló un petardo y, según pude leer al día siguiente en los sucesos del *Vespertino*, el eco de un temblor sísmico en algunos edificios cercanos al Caravel, lo propio de la sección de sucesos de un periódico que jamás se acostumbraría a que en Borenes nada sucediera y, al fin, pudiese asustarlo el trueno de una noche de tormenta.

Diecinueve

No hice lo que me ordenó Denís, pues lo que menos me apetecía era una sesión continua en el Paladio, con dos películas de astronautas y la incertidumbre de que alguien apareciese, refugiado como un espectador que tiene las horas contadas y sufre en la platea lo que en absoluto le atrae en la pantalla.

Seguía existiendo un punto de referencia en el voy y vengo de aquellas vicisitudes que me continuaban minando, con el ánimo alterado y la cabeza a pájaros, y no era otro que la Cafetería Basilea, donde los tratos con Lombardo estaban al cabo del día, siempre con las suspicacias y algún punto enojoso muy propio de su carácter.

Nada tenía que decirle respecto a la búsqueda de Cirro Cobalto.

De nada me habían servido sus recomendaciones, a las que no había hecho el menor caso, y cuando fui caminando, todavía como un zombi y con la suerte de que hubiera dejado de llover, desde la Avenida del Solsticio y por la Calle Denuesto, e iba a llegar a la Cafetería, me entró un desasosiego que en seguida se transformó en temor.

Y supe con más miedo que vergüenza que no sólo Lombardo estaría en la Basilea, también otros secuaces que, aunque jamás hubieran dado la cara, bien podían darme para el gasto.

Sería el propio Lombardo quien me sacara de apuros si sufría algún atropello derivado del miedo y la empanada mental que llevaba encima, pero sin la mínima referencia a lo padecido.

Ni siquiera mencionar cualquier golpe que pudiera amoratarse en mi frente, lo que me serviría para salir del pasmo en que me encontraba y hasta para hacer algunas consideraciones que, con el tiempo, me ayudarían a aclarar ciertas cosas, si el golpe proviniera de algo más peligroso que de haber chocado con la puerta, como así sería.

—Te haces mayor —coincidía con mi viejo amigo Celso en las mutuas confidencias que, al filo de la edad, nos hacíamos en las barras de Adarbe y Colima, las más frecuentadas cuando ya no quedaban amigos que no se hubieran casado y separado al menos dos veces— y todo se resuelve con mayor claridad y amargura. Las cosas que no entendimos, los eventos en que no participamos, lo que sucedió sin previo aviso, lo que dejamos a deber y lo que nos cobraron en iguales condiciones. Uno a uno y otro detrás del siguiente, si echas cuentas la edad no perdona.

La cojera de Lombardo se había recrudecido y movía la pierna con un gesto de dolor que acusaba al sentarse.

—Si ya sabemos algo de Cirro —me dijo, con el gesto torcido—, será mejor que lo mantengamos en secreto. En el caso de que vengas a dar cuenta de que de nada te has enterado, ya puedes irte con viento fresco antes de que use el arma reglamentaria. No voy a hacerte daño, pero sí amenazarte.

Lombardo tendió la mano derecha sobre la mesa, sin llegar a mostrar la pistola que ya me había dejado ver en otra ocasión.

—No vengo a disculparme, sólo a constatar los hechos —dije con el miedo en el cuerpo—. Si hay algo más que ordenar, aquí me tienes. Soy todo oídos.

Fue capaz de abalanzarse sobre la mesa, pistola en mano, y tuvo suficiente garra para cogerme de las solapas y dar un gruñido, pero antes de pronunciar las palabras más gruesas que pudieran ocurrírsele, le dio un ataque de tos, la pistola se le fue de la mano y a punto estuvo de perder el equilibrio, sofocado y convulso.

—Cirro Cobalto —dijo cuando pudo, agarrado a la mesa y con súbitos espasmos— es el amo de la pista, pero no por ello el dueño del mundo. La realidad tiene otras propiedades y otros propietarios. La naturaleza es invariable. Los amos de la pista son el ejemplo de lo que debe y no debe hacerse. Unos seres no tan perecederos como primorosos que pueden dar razón y sentido a la vida de quienes no valen para otra cosa que andar al rabo de alguien. Entérate de una vez y que no se te suba el pavo. Jamás podrás imaginarte lo que es un hijo de oro.

Me costó mucho trabajo comprobar que Lombardo había convulsionado, pero seguí sin sentir el menor aprecio por él y me pareció que lo que acababa de escucharle no era propio de un viajante de paños, por mucho que Cirro Cobalto lo tuviese de lugarteniente y Lombardo lo aborreciera en el fondo de su corazón.

Un aborrecimiento, como también llegué a saber cuando ya todo había acabado, que podía provenir de haber sido hijo suyo, uno más entre los naturales y, como tal, hermano de Denís, con el agravante de que entre ellos tampoco podrían perdonarse las relaciones incestuosas mantenidas secretamente durante tanto tiempo, sin conocimiento del vínculo que los unía, como sucede en algunas películas autorizadas para mayores, como le sucede a la historia que estoy contando, la mía y sus añadiduras.

—Nunca descartes lo imposible —me dijo en una ocasión Cirro Cobalto, cuando yo me compadecía a mí

mismo de lo poco que la vida me daba y de lo menesterosos que me estaban resultando los efectos de vivirla—. El
factor sorpresa es crucial para asumir la complejidad de la
existencia, vive y calla, no rezumes ni seas pánfilo.

No me pude quitar de encima la sensación de que me venían siguiendo y, a la hora de buscar algún loable razonamiento a lo acontecido, que es algo que todavía hago tanto tiempo después, constato que esas sensaciones de seguimiento y hasta persecución forman parte de mi vida.

Y, de alguna manera, son tributos de la herencia de lo que me sucedió, que es algo que mi tía Calacita sigue empeñada en que se lo continúe contando, como si ella no formara parte de todo aquello, o como si mi tío Romero nada tuviese que ver con el desarrollo de los acontecimientos.

Si me seguían los balcánicos, en grupo o por separado, no iba a saberlo.

Lo último que de ellos había constatado, en informaciones de la propia Denís, una vez que recuperaron los papeles que habían perdido y participaron en el entierro de Osmana, sufragado por Cirro Cobalto, fue que desaparecieron sin dejar huella, muy probablemente migrando e intentando restablecer la nacionalidad originaria, o ajustando cuentas con quienes anteriormente los contrataron.

—No te empeñes, no seas pacato —dijo Denís—. La Pensión Estepa no existe, los huéspedes se esfumaron, nadie anda detrás de ti para sonsacarte lo que no sabes. Hay mucha migración y el mundo de lo que está pendiente es del cambio climático, otra cosa es que te obceques.

Ni volvió a llover ni se escucharon más petardos o ecos sísmicos cuando ya la noche estaba entrada y, sin otra preocupación que la del seguimiento, enfilé la travesía de Argiles, crucé la placita del Bergante, aceché la esquina de Pasamanerías, fui por la acera de Cifuentes y sorteé las esquinas del Longevo y Longares.

Iba ya más apaciguado y en ningún caso repostando en los bares y tabernas, ya que si acudía a la cita que Denís me había indicado, en el Salón Calipso, en los bajos del Malecones, me convenía llegar con la cabeza alta y claridad de ideas, no fuera a darse el caso de que por una negligencia mía se complicaran más las cosas, lo que sería el colmo.

Di más vueltas de las debidas por el Barrio de la Caldera y las correderas que finalmente habrían de llevarme a las riberas del Margo, donde la noche mantenía en el espejo del río un fulgor esmaltado, impropio del invierno y más propio de los estíos que se llenaban de ahogados fugaces y truchas esmeriladas.

Además de las ranas que en los merenderos ribereños eran el manjar más apetecido, las ancas guisadas con mucho pimentón o fritas con harina y ajo, que era como más les gustaban a mi tía Calacita y a mi tío Romero.

El Salón Calipso, en los bajos del Malecones, un edificio desgarbado y espectral alejado de las otras casas como si lo hubieran aborrecido, tenía roto el luminoso y ninguna lámpara encendida en el vestíbulo.

Lo que me hizo sospechar que no estaba abierto al público, aunque tampoco daba la impresión de que lo hubieran clausurado, nada raro en la Borenes de aquel invierno en el que se vendían a bajo precio las órdenes gubernativas.

Merodeé despistado y cuando acerté a entrar al salón propiamente dicho, al que todavía en la oscuridad se le podía adivinar un espacio circular enorme y la amplitud de sus palcos laterales, además de una altura en la que resonaba el vidrio de una lámpara cenital, indicio de que en la atmósfera el aire movía sus lágrimas, supe que quienes me hubieran seguido, a pesar de mi sensación y el pálpito de que así fuera por tantas esquinas y recovecos como había recorrido para llegar allí, no eran perseguidores.

Lo que corroboré cuando la oscuridad del salón fue perdiendo su densidad y algunas lámparas laterales iluminaron suavemente el interior.

Desde un palco me llamaba Denís, que sería la primera en advertirme de que la noche se nos había echado encima y ya era demasiado tarde para que la orquesta tocara una última pieza, no era eso lo más importante y me agradecía que hubiese llegado, vigilado pero no perseguido.

Aunque como siempre en mi caso a deshora y sin la presencia de ánimo que también requeriría un vestuario adecuado, lo que me hizo pensar con cierta vergüenza en el frac polvoriento del escaparate de la Tintorería Morelos.

—Vienes hecho una facha —me dijo Denís menos ofensiva que cariñosa, alentándome para que me sentara a su lado en el palco—, pero por lo menos has tenido la decencia de hacerlo. Cuesta mucho trabajo sacarte de un apuro y nunca estás en tu sitio y haciendo lo debido. ¿Qué es lo que más te peta hacer en la vida, si puede saberse y no te hagas el listillo?

Denís vestía un traje de noche, escotado y con brillos de lentejuelas, y estaba maquillada como la más sofisticada de las actrices de las películas que en el Paladio causaban sensación.

Si se tiene en cuenta que en Borenes todo estaba pasado de moda y lo que restaba de la elegancia era lo que quedaba en el fondo de los armarios, los trajes desechados y los vestidos que se ajaban como alimento de la polilla.

—Nada que no sea estar a tu vera —dije con una osadía digna de mejor causa, recordando alguna frase hecha y percatándome de que se me habían caído dos botones de la chaqueta y desprendido el dobladillo de los pantalones— y respirar tu perfume —apostillé con una cursilería casi ofensiva, que cuando mi tía Calacita llegó a saberlo no pudo contener la indignación y me llamó repipi.

—No te avergüences, pero tampoco te hagas ilusiones —dijo Denís, mirándome jocosa y compasiva—. Para novio ya estás pasado de rosca, pero hay algo en ti que te proporciona la gracia del desvalimiento. Un valor que no tiene mercado. Algo que ya no se aprecia en las sociedades avanzadas, pero que puedes poner a prueba en la beneficencia. Tienes su aquel, no te quepa la menor duda.

La atmósfera del Salón Calipso mostraba igual temperatura que la que suele acompañar a los ensueños o las evanescencias.

En la luminosidad templada se expandía un halo de irrealidad del que en aquel momento supe aprovecharme, cuando ya Denís volvía a llamarme al orden, igual que había hecho otras veces en las que no pude contenerme, y con menos ímpetu que intención, me abalancé sobre ella y la tuve debajo de mí el tiempo indeciso que solía tardar en mojar las sábanas, igual de huérfano que de adolescente, y sin que el meapilas lograra tampoco contenerse, por muchos reproches morales que aquello le causara.

Estaba besándome con Denís y tenía la sensación de aspirar al tiempo su perfume, el rímel de sus ojos y el carmín de sus labios, cuando alguien me dio unas palmadas a la espalda y, aunque tardé en darme la vuelta, dada la emoción extrema que aquel beso desorbitado significaría en mi vida, sentí que se trataba de Cirro Cobalto.

—Siempre supe que no eras el Cantero que buscaba —me dijo Cirro Cobalto, sin que el gesto desdeñoso con que me miraba, muy convencido de su afirmación, tuviera el menor asomo de arrepentimiento.

Veinte

Si bailaron o no, no es de mi incumbencia.

Lo que el Salón Calipso significa en la consignación de aquellos días tan cruciales para el trastorno mental que forma parte del discurrir episódico de mis edades, todas concatenadas y ninguna lo suficientemente suelta para que pueda pensar en ella, es lo mismo que lo que en el rastro del sueño permanece como paisaje o local perdido.

—¿Pero bailaron o no bailaron? —me preguntaba mi tía Calacita, cada día más obsesionada con lo que le venía contando desde que volví a casa, arreglados los asuntos conyugales y con mi tío Romero dándome el abrazo del hijo pródigo, y diciéndome que todo quedaba en agua de borrajas y que los bienes familiares siempre debían estar muy por encima de los de dominio público o interés patrimonial, una vez amortizados.

—Si bailaron —le decía a mi tía Calacita— fue cosa de ellos, yo no reparaba en nada y apenas me alcanzaba el aliento, y en cualquier caso no es de mi incumbencia.

—Es que de todo lo que me cuentas, y ya llevas mucho tiempo haciéndolo, tanto que parece una novela nada fácil de creer —porfiaba mi tía Calacita, codiciosa—, no acabo de enterarme bien. O son verdades a medias o mentiras piadosas. O te lo inventas. Me tienes con el alma en vilo. Al final, ni se sabe lo que os traíais entre manos ni si hubo acontecimiento alguno. Todo parecen imaginaciones tuyas.

Todo acabó en aquellos bajos del Malecones y lo que subsistía nada tenía que ver con la realidad de los hechos y de los acontecimientos, aunque en la consignación de lo que el Salón Calipso significa en el discurrir de aquellos días cruciales tiene ese lastre del local y el paisaje perdidos pero verdaderos.

Un lastre que incide en la memoria disolvente de mi enfermedad, sin otra posible reconstrucción que la indicada por las ensoñaciones y las evanescencias.

El sueño como un recurso paliativo.

La desorientación de los pensamientos y la vaguedad de las ideas como otros indicios de lo que en el trastorno pudiera apreciarse, si es que la enfermedad siguió su curso cuando llegó el momento y lo hizo con suficiente visibilidad para ser diagnosticada.

—No es de mi incumbencia —le repetía a mi tía Calacita, empeñada en saber lo que habían hecho Cirro Cobalto y Denís en el Salón Calipso, como si lo que habían hecho le importara más que lo que de ellos hubiera sido, de lo que tampoco podría darle mucha información, por encima de mis suposiciones—, pero no deja de ser raro que lo hicieran, ya que no había orquesta, era muy tarde, en el local no había nadie.

—Pero, y si hubieran bailado, si hubiera sido posible que lo hiciesen, ¿cómo te los imaginas? Eso sí puedes contestarlo, no me vengas con excusas, que me tienes frita.

—Como dos momias enceladas —dije, acuciado por tanta insistencia, pero también por los reiterados sueños que me despojan de lo poco que me queda, como si todo lo que mereciera la pena se lo debiera a ellos, y en la pareja que consumaba una revelación de extrañeza y desencanto en el centro de la pista, sin otra luz que la que cayese del invierno de Borenes, nieve o polvo, lágrimas de cristal ceniciente de la lámpara rota, todavía me fuera dado asumir la expectativa de aguardar sus instrucciones, esperarlos en las esquinas sabiendo que, sin ser el Cantero que Cirro Cobalto buscaba, podría seguir haciéndome pasar por él.

Mi tía Calacita no cejaba.

Las sobremesas, sobre todo, eran tan reincidentes que hasta mi tío Romero, que aguantaba en su rincón con el periódico en la mano, hacía un gesto de pesadez y anunciaba que volvía al despacho, aunque esa tarde nada tuviera que hacer en él, sin confesar en ningún momento que los clientes escaseaban y los pleitos eran de poca monta, lo que estaba convirtiendo el bufete en una funeraria, dada la preponderancia de las testamentarías.

—Ese chico fue lo que tú pudiste ser —dijo mi tía Calacita, que en algunas de aquellas sobremesas exageraba un gesto soñador que curiosamente la envejecía en vez de rejuvenecerla, como si en el artificio de sus ilusiones se le enquistaran los años sin poder disimularlos— y yo todavía te hubiese querido más como el sobrino que hubieras sido, no me entiendas al revés, no te engañes. Era un sol, lo sé de sobra, y lo podría probar.

La felicidad de mi tía Calacita y mi tío Romero, que volvieron a ser una pareja de hecho con las ínfulas conyugales permisibles cuando los quebrantos rompen los compromisos y la propia pareja se percata de que mejor juntos que mal avenidos, se ajustaba con la circularidad de mis días y una cada vez menos intensa sensación de haber estado ausente y acaso perdido y con menos recursos mentales de los necesarios para subsistir o siquiera existir si fuera capaz.

Había en el domicilio conyugal una especie de paz del hogar que para un huérfano, ya ajeno a su condición de tal por el tiempo con que la edad borra el pasado y sus circunstancias adversas, algo tenía de alivio duradero, más allá de esas circunstancias y de ese pasado.

Ellos hacían cada uno su vida, sin resquemores ni reproches, sin dar cuenta de sus salidas y entradas, con un respeto y un apego que les permitía congraciarse y, a la vez, distanciarse, sin que un arrobo o un beso ocasional significaran otra cosa que el mantenimiento formal de los compromisos conyugales, tamizados por esa otra condición con que la pareja de hecho no permitía inmiscuirse donde no era necesario o ni siquiera hubiese parecido bien.

Mi tía Calacita y mi tío Romero dormían en la cama matrimonial de su alcoba de siempre, y lo que de su amor material pudiera percibirse en las rendijas o resquebrajaduras no era otra cosa que la congoja respiratoria de ella, que siempre padeció de los pulmones, o los sonidos guturales de él, que con la disnea acompañaba a mi tía con parecido contratiempo, lo que tuvo mucho que ver en el cumplimiento del débito conyugal.

—Nunca quise hacer comparaciones —me confesaba mi tía Calacita, ahora muy discreta en estos asuntos íntimos—, pero las vías respiratorias cuentan mucho para los afanes de la pareja, se diera o no el caso de algún fallecimiento por sofocación en el propio acto. Hay amantes que mueren en el intento, y no son novelerías como las tuyas.

De esa felicidad de mis tíos Calacita y Romero recibía yo la parte alícuota correspondiente, ya que para entonces, cuando ellos volvieron a vivir juntos y fui readmitido, las señales de que no andaba bien de la cabeza hacían más patentes las necesidades de alguna ayuda o cobijo.

No hacía nada, tampoco lo intentaba.
La ayuda que pudiera prestar en el despacho de mi tío era tan casual como indeterminada, aunque él me la ofrecía generoso, como si se tratase de un favor que podía hacerle, y no disimulando que me pudiera venir bien salir de casa, acompañarlo, retomar algunas conversaciones de efectos reparadores o de afectos desinteresados, sabiendo de sobra que uno y otro no teníamos demasiadas cosas de las que hablar y no convenía forzarlas.

—No sé en los líos en que anduviste metido —me dijo en una ocasión, seguro que para dejar zanjado lo que no merecía la pena remover, asumidas las suposiciones razonables— ni me parece oportuno que me lo cuentes, ya que probablemente es lo que menos necesitas. Hay líos que provienen de nuestra capacidad para provocarlos, una cualidad malsana. Ni imaginarte puedes lo que de ellos se ve en el despacho, la cantidad de componendas y trapisondas.

Resultaba curioso no verme avasallado por lo que llevaba encima, ir soltando amarras sin contabilizar los desperdicios, como si lo pasado formase parte de un todo muy difícil de desmenuzar.

Y sólo persistía aquella manía de mi tía Calacita para que le contase y volviera a repetir lo que había hecho.

Lo que sucedió, las ocurrencias y especialmente las circunstancias, que tanto le interesaban, con la reiterada mención de Cirro Cobalto.

La curiosidad por su ascendiente y destino, como si Cirro Cobalto fuese un personaje que se ajustaba perfectamente a sus misterios y secretos, sabiendo como yo bien sabía que en la vida de mi tía Calacita eran muchas las emociones y conmociones guardadas y jamás desveladas.

—Bailaban como dos momias enceladas, qué cosas se te ocurren —me dijo mi tía Calacita, cuando ya era poco lo que yo podía contar de nuevo y estaba cansado de sus interrogatorios—, qué novela escribirías, qué gusto daría leerla para poder enterarse de algo. Estarías celoso, si así los viste o imaginaste, porque no hay modo de que exista lo que no se puede vivir, maldita condición la nuestra.

Una o dos veces a la semana, cuando mi tío Romero se iba sin muchas ganas al despacho y habitualmente volvía con dos copas de más, yo dormía la siesta con mi tía Calacita y seguía siendo el adolescente que consumaba sus sueños con la respiración entrecortada y una felicidad que no procedía de la parte alícuota que pudiera corresponderme.

No mucho tiempo después, una tarde mi tía Calacita me echó de la cama con cajas destempladas y me dijo que no me merecía aquellas satisfacciones que tanto perjudicaban la moral de un matrimonio no por fracasado menos respetable.

—Nunca serás el amo de la pista, llegues o no a escribir la novela que escribas —me recriminó airada, y apenas tres semanas después, con un diagnóstico todavía provisional, tuve mi primer internamiento y comencé a sobrellevar la enfermedad que daría a mi vida el rumbo definitivo, siempre a la espera de los acontecimientos.

Este libro se terminó
de imprimir en
Sabadell, Barcelona,
en el mes de
mayo de 2024